小動物系令嬢は
氷の王子に溺愛される8

翡翠

B's-LOG BUNKO
ビーズログ文庫

イラスト／亜尾あぐ

目次 contents

ウィリアム・ザヴァンニ
ザヴァンニ王国の第一王子。近衛騎士団の副団長を務めている。『氷の王子様』と呼ばれているが、リリアーナには激甘で……？
リリアーナ・ザヴァンニ
花よりスイーツが好きな王太子妃。旧姓はヴィリアーズ。地味に嫌なお祈りをする癖がある。
人物紹介 character

ダニエル
ウィリアムの幼なじみ兼補佐役。リリアーナからつけられたあだ名は『ダニマッチョ』。
ケヴィン
近衛騎士団一の問題児。別名、エロテロリスト。
モリー
リリアーナ付きの侍女。
ギルバート
諜報の仕事をしている。リリアーナの友人・イザベラの夫。
アンリ（左）&ティア（右）
リリアーナの護衛兼侍女。

第1章　新婚旅行から帰ってきました

「ウィリアム殿下《でんか》、リリアーナ様、ザヴァンニ王国に入りました」

ランブローグ《新婚旅行先》王国から帰国中のザヴァンニ王国王太子であるウィリアムとその妻リリアーナは、侍女《じじょ》モリーの台詞《せりふ》で馬車の窓へと同時に視線を向けた。

窓の外には広大な畑が広がり、時折吹《ふ》き抜《ぬ》ける穏《おだ》やかな風にその青々とした葉を揺《ゆ》らしている。

「ランブローグ王国の空と海の青いコントラストはとても美しく感動を覚えましたが、この緑の絨毯《じゅうたん》を目にすると、何だかホッとしますわね」

馬車の中にはリリアーナと彼女を溺愛《できあい》しているウィリアム、そして姉妹《しまい》のように育った侍女のモリー（とペットの子犬《毛玉》）のみ。

人目を気にする必要がないためか、リリアーナは緊張《きんちょう》感をどこかに置き忘れてきたかの如《ごと》く無防備な笑《え》みを浮《う》かべてみせた。

安心しきっているからこその笑みに、ウィリアムは嬉《うれ》しそうに口角を上げて、

「そうだな。我が王国には海はないが、その代わりといっては何だが緑豊かで資源が豊富

だ。ランブローグ王国のような観光地とは違《ちが》った良さがある」

とリリアーナの手を握《にぎ》った時――。

それまでモリーの膝の上で大人しくしていた毛玉がリリアーナの膝の上へ勢いよく跳《と》び移《うつ》り、ウィリアムの手を後ろ足で邪魔《じゃま》だとばかりに蹴《け》ってどかすと、そのまま目を瞑《つぶ》り満足げに眠《ねむ》ってしまった。

その様子を見ていたリリアーナとモリーはポカンとした顔を見せた後クスクスと笑いだし、ウィリアムは苦々しい顔をしつつも仕方ないといった風に小さく息を吐《は》く。

以前のウィリアムであれば腹を立てていただろうが、ランブローグ王国で毛玉にちょっとしたいじわるをしてしまったことで負い目があるので、怒《おこ》るに怒れない。

そんな一人と一匹《いっぴき》ではあるが、毛玉がウィリアムを嫌《きら》ってそういった態度を取っているわけではないことを、リリアーナは知っている。

新婚《しんこん》旅行前までの毛玉は明らかにウィリアムだけに塩対応であったが、それは大好きなリリアーナから自分を引《ひ》き剝《は》がそうとする敵だと認識《にんしき》していたからだ。

現在の毛玉も相変わらずウィリアムに塩対応ではあるものの、以前よりも当たりが弱くなっていると言えばよいのか……。ただの敵が好敵手《ライバル》に出世（?）したという感じか。

あまり違いがないのではと思われるかもしれないが、以前と違いウィリアムの反応を毛玉が楽しんでいるように見えるのだ。

リリアーナは落ち込むウィリアムの手を片方の手でそっと握り、反対の手で毛玉を撫《な》でた。

少しばかり機嫌《きげん》が直ったように見えるウィリアムに安心したモリーが、

「本日はシェルム辺境伯《へんきょうはくてい》邸にて一泊《いっぱく》。その後イルマン子爵《ししゃく》邸に一泊、リリアーナ様のご実家であるヴィリアーズ邸に二泊、フェーン領主邸にて一泊し、王宮へ戻《もど》るのは六日後の予定です」

と確認《かくにん》の意味で今後の予定を告げる。

その内心でモリーは港のあるベルーノ王国から馬車に乗り込む前に、リリアーナの護衛騎士《きし》であるケヴィンが呆《あき》れたように大きく息を吐きながら愚痴《ぐち》を零《こぼ》していたのを思い出していた。

「いちいち各領地に泊《と》まっていくとか、面倒《めんどう》くせぇ」

領地を気にせず宿泊《しゅくはく》したならば、王宮まで予定より二日は早く帰ることが出来る。

ケヴィンが言うように、早く帰ってのんびりしたい気持ちも分からなくはないが。

高位貴族が他領地を通って移動する場合、その領地で買い物をするなどして経済を回していくことがよしとされている。

ましてやウィリアムとリリアーナは王族なのだ。

貴族にとって自邸にご宿泊頂くことは大変な名誉《めいよ》であり、王族としても貴族に恩を売ることが出来、どちらにとってもｗｉｎ－ｗｉｎであると言える。

それにヴィリアーズ邸にだけ寄って他の領主邸に寄らないとなれば、不満の声も出てくるだろう。

「気持ちは分かるけど。ほら、諦《あきら》めて準備しないと置いていかれるわよ」

モリーはケヴィンの肩《かた》をポンと叩《たた》くと、急ぎリリアーナの元へ足を向けたのだった。


シェルム辺境伯邸では、領地内にある森で狩《か》ったばかりの野生鳥獣《ちょうじゅう》を使ったジビエ料理でもてなされた。翌日、特産品を購入《こうにゅう》し次の領地へ。

イルマン子爵邸では領地自慢《じまん》のワインを振《ふ》る舞《ま》われ、翌日そのワインを購入してからヴィリアーズ領へ向かい、日が傾《かたむ》きかけた頃《ころ》に到着《とうちゃく》した。

馬車止まりにはすでにヴィリアーズ家一同が迎《むか》えに出ており、ウィリアムの手を取って馬車を降りたリリアーナは手を繋《つな》いだままそちらへと向かう。

「ようこそお越《こ》しくださいました」

ヴィリアーズ伯爵《リリアーナの父オリバー》が歓迎《かんげい》の意を表し、ウィリアムもそれに応えて握手《あくしゅ》する。

その様子をにこやかに見ていたリリアーナは、ふと一同の中に見覚えのある顔を見つけて破顔した。

「マーリ様！」

兄イアンの婚約者《こんやくしゃ》である、アマーリエ・ベルマン子爵令嬢《れいじょう》だ。

彼女とは王都の『子ども達の家』で出会った。

あまり裕福《ゆうふく》ではない子爵家の三女であるアマーリエが唯一《ゆいいつ》得意と言えるのがお菓子《かし》作りであり、彼女の祖父が子ども達の家で教師役をしている縁《えん》で、時々作ったお菓子を子ども達に届けていたのだ。

そこでアマーリエはリリアーナの友人となり、婚約者を探していたイアンに目をつけられたわけである。

当時のイアンは婚約者のいない令嬢達から見て、『それなりに裕福な次期伯爵家《はくしゃくけ》当主』で『なかなかに整った容姿』で、何より妹のリリアーナは王太子の婚約者であり『王家との太い繋《パイプ》がり』を持つ、超《ちょう》の付く『優良物件《もうじゅう》』だった。

夜会へ繰《く》り出《だ》す度《たび》、お腹《なか》を空《す》かせた猛獣の如き令嬢達に囲まれることに辟易《へきえき》していたイアンが、肉食系ではない草食系令嬢《アマーリエ》を見つけてからの行動は早かった。

アマーリエは特別美人というわけではないが、素朴《そぼく》な可愛《かわい》らしさとその身に纏《まと》う空気が柔《やわ》らかく、側《そば》にいると癒《いや》される。それらが彼女の魅力《みりょく》と言えた。

一見穏やかそうに見えるイアンだが、彼もまた貴族らしい腹黒さを持っており、あっという間に彼女を自身の婚約者に据《す》えてしまったのだ。

リリアーナはイアンからアマーリエと婚約したと報告を受けた時、とても喜んですぐに彼女にお祝いの手紙を送り、今でも定期的にやり取りが続いている。が、一番最近の手紙には、彼女が本邸に来ることは書かれていなかった。

「驚《おどろ》きましたわ。まさかマーリ様がこちらにいらっしゃるとは思っておりませんでしたから……」

「うふふ。リリ様を驚かそうと思って、内緒《ないしょ》にしていましたの。実は一週間ほど前から、ジアンナ様より次期伯爵夫人《ふじん》としての心得や仕事を学ぶために、こちらで生活させて頂いているのですわ」

驚きの表情を浮かべるリリアーナとは反対に、アマーリエはいたずらが成功した子どものように楽しそうな笑みを浮かべる。

そんな彼女を穏やかな微笑《ほほえ》みで見守る母ジアンナの姿に、リリアーナはアマーリエがヴィリアーズ家に上手に溶《と》け込むことが出来ていると、そっと安堵《あんど》の息を吐いた。

「積もる話もあると思いますが、長旅の疲《つか》れもありましょう。どうぞ中へ。ご案内致《いた》します」

会話が途切《とぎ》れた隙《すき》をついてオリバーが皆《みな》を邸内へ誘導《ゆうどう》し、華美《かび》すぎず上品にまとまった応接室へ通す。

「夕食の準備が整うまで、どうぞこちらでお寛《くつろ》ぎください」

若い者同士の方が落ち着けるだろうと、オリバーとジアンナは部屋を後にした。

ソファーへ腰《こし》を下ろし香りの良い紅茶に口をつけると、やはり長旅による疲れが溜《た》まっていたのだろう、無意識にリリアーナとウィリアムの口から「ふぅ」と小さな息が同時に漏《も》れた。

「なあ、リリ。先程から気になっていたのだが……。なぜモリーは毛玉（？）を抱《かか》えているんだい？」

モリーの腕《うで》の中で身動《みじろ》ぎ一つしない子犬の『毛玉』をジッと見つめながら、イアンが首を傾《かし》げている。

エイデンと、イアンの隣《となり》に腰掛《こしか》けているアマーリエもつられるようにして、毛玉に目を向けた。

「あら、お伝えしておりませんでしたかしら？　あの子は私のペットの毛玉ですわ。結婚《けっこん》式《しき》の少し前に飼い始めましたの。今は眠ってしまっているようですわね」

結婚式の前後は色々とあって毛玉の話は後回しになり、そのままイアン達へ報告するのを忘れていたのだ。

「ペット？　毛玉……？」

イアンとエイデンはソファーから立ち上がり、モリーの腕に抱《だ》かれた毛玉をまじまじと観察する。

「本当だ、息をしてる……」

エイデンが驚きの声を漏らした。

「子犬、でいいんだよな？」

「え？　名前が毛玉なの？」

困惑《こんわく》するイアンとエイデンに、リリアーナは満面の笑みで答える。

「ええ、真っ白い毛玉のような子犬だから『毛玉』と名付けましたの。可愛いでしょう？」

「いやいやいや、見たまんまじゃん」

呆れたようにエイデンが言い、それにイアンが頷《うなず》く。

「ああ、見たまんまだな」

アマーリエはイアンとエイデンの様子を楽しそうに眺《なが》めている。

ウィリアムとモリーはそんな仲の良い兄妹達《きょうだい》とその婚約者の様子を穏やかな表情で見守るのだった。

準備が整い皆で応接室から食堂へ移動し、家族で食事をしながら自然と話題はリリアーナとウィリアムの新婚旅行へと移っていく。

「ランブローグ王国へはベルーノ王国から船で向かいましたの。海を見るのも船に乗るのも初めてのことでしたから、ついはしたなくもはしゃいでしまいましたわ。私とウィルは大丈夫《だいじょうぶ》でしたが、モリーを含《ふく》む数人の者が『船酔《ふなよ》い』なるものを経験致しました。これは馬車酔いと同じで眩暈《めまい》や吐き気、嘔吐《おうと》の症状《しょうじょう》が出て、起きていられないそうですの。体質や体調などによって、かかりやすい者とそうでない者に分かれるらしいですわ。今後もし船旅をされる機会がありましたら、お気を付けくださいませね」

「船酔い、か。イアンに家督《かとく》を譲《ゆず》った後は、ジアンナと旅に出る機会があるかもしれない。頭の隅《すみ》に置いておくことにしよう」

オリバーがそう言ってジアンナと視線を合わせ微笑むと、ジアンナも嬉しそうに微笑み返した。そんないつまでも仲の良い両親を満足そうに見つめながら、リリアーナはウンウンと頷く。

「ええ、そうしてくださいませ」

そこに、エイデンが続きを促《うなが》すように訊《たず》ねる。

「それで、姉様。ランブローグ王国……だっけ？　どんな国だったの？」

「そうですわね、まずは旧市街地に出掛《でか》けたのですが、朝と昼以降で、同じ街並みでも全く様相が変わることに驚きましたわ。ね、ウィル」

リリアーナがにこやかにウィリアムへと話を振る。

「ああ、そうだな。昼前まではカラフルなパラソルの露店《ろてん》が街道《かいどう》を埋《う》め尽《つ》くし、見たこともない果物や新鮮《しんせん》な魚介類《ぎょかいるい》をそのまま調理したものやチーズにソーセージ、雑貨にお菓子とそれ以外にも色々なものが売られていた。花市もやっていて、活気に溢《あふ》れていたよ。昼を過ぎるとパラソルはしまわれて、カフェやレストランや酒場で賑《にぎ》わっていたな」

「リリは食べ物の露店以外にも目を向けたのかい？」

「兄様！　失礼ですわ。食べ物以外の露店にも行き……ましたよね？」

リリアーナはイアンにフンスと怒《いか》りを露《あら》わにするものの。

思い出そうとして、食べ物以外の露店に寄った記憶《きおく》が浮かんでこないことに気付き、途《と》中《ちゅう》から自信なさげに声を窄《すぼ》ませてウィリアムに同意を求める、が——。

「ん？　視線は向けたかもしれないが、足を止めた記憶はないな」

ウィリアムがニヤリと笑い、イアンとエイデンは「やっぱり」と呆れた顔をし、オリバーとジアンナとアマーリエの三人は楽しそうに目を細めて見ている。

リリアーナは羞恥《しゅうち》にプルプルと震《ふる》えながら、味方をしてくれなかったウィリアムに恨《うら》めしそうな顔を向け、地味に嫌《いや》なお祈《いの》り（呪《のろ》い）を口にした。

「ウィルなんて、書類でちょびっと指先を切って、痛痒《いたがゆ》くなればいいんですわ」

「うわ、気付かなければ何ともないのに、気付いた途端《とたん》にジワジワ痛痒くなるやつだ」

エイデンがそう呟《つぶや》き、イアンも想像したのか若干《じゃっかん》眉間《みけん》に皺《しわ》を寄せている。

ウィリアムは苦笑《くしょう》を浮かべつつ、リリアーナのご機嫌取りのためにデザートのプリンを捧《ささ》げた。

「ほら、リリー。私の分も食べていいぞ」

「プリン一つで誤魔化《ごまか》されたりしませんからね！」

などと言いつつも、懐《なつ》かしい実家の（料理人が作った）プリンの味に、リリアーナは次《し》第《だい》に笑顔《えがお》に戻っていく。

食後の紅茶をいただいた後は、侍女のアンリに頼《たの》んで運んでもらったお土産《みやげ》を順番に披《ひ》露《ろう》していった。

美しいランブローグ王国の景色を切り取ったような絵画と、あちらで有名なお酒と紅茶の茶葉、そして——。

「こちらはお母様とマーリ様に」

そう言って差し出したのは、朝市で購入した砂糖漬《づ》けフルーツである。

「このまま食べても美味《おい》しいですし、紅茶の中に砂糖代わりに落としても見た目が華《はな》やかで美味しいと思いますわ」

「まあ、随分《ずいぶん》と色々な果物が入っているのね。見た目も可愛らしいし、早速試《さっそくため》してみても良いかしら？」

「ええ、どうぞ」

ジアンナとアマーリエは新たに淹《い》れてもらった紅茶に砂糖漬けフルーツを一つ落とし、

少しだけ待ってからカップに口をつけた。

「とても美味しいわ！　……けれどカップの中に落としてしまうと少し食べづらいわね」

「そうですね。では食べやすいように小さくカットしたものを小皿に載《の》せて、砂糖のように好きなだけ入れるのはどうでしょうか？」

「それもいいと思うけれど、小さくカットするとせっかくのフルーツの形が分からなくなってしまうわ。小さめの串《くし》をソーサーへ添《そ》えておくのはどうかしら？　好きなタイミングで串に刺《さ》して頂くの」

「良いと思います」

リリアーナのお土産で、嫁《よめ》（予定）と姑《しゅうとめ》が楽しそうに盛り上がっている。

この様子ならば嫁姑問題は起こらないだろう。

イアンとアマーリエの婚姻《こんいん》は来年早々に結ばれる予定であり、ヴィリアーズ家で残るのは次男のエイデンのみとなった。

次男であるため継《つ》ぐ家を持たないエイデンは、跡取《あとと》り息子《むすこ》のいない貴族子女の家に婿入《むこい》り先が決まらなければ平民となる。

見目がそれなりに良く成績も常に上位に名を連ね、王太子妃《ひ》を姉に持つ彼は婿養子を希望する令嬢達からの人気が凄《すさ》まじいのだが、これまで婚約の『こ』の字も出てきたことがない。

「エイデンはどなたか気になる女性はおりませんの？」

口にしてから、そういえばイアンのお相手の話やリリアーナとウィリアムの話をしたことはあっても、エイデン自身の話を聞いたことはなかったとリリアーナは思う。

オリバーも気になるようで、さりげなく黙《だま》って耳を傾けている。

「いきなり何？　別に気になる女性なんていないし」

エイデンが気まずそうにフイッと視線を逸《そ》らす。

オリバーはこっそりと溜息《ためいき》をついていた。

こういう時のエイデンは何を聞いても絶対に話さないことを知っているリリアーナは、何でもないように話題を切《き》り替《か》えた。

「ところでイアン兄様、ルーク達は元気でおりますかしら？」

「ああ、手紙にも書いたが、元気で一生懸命《いっしょうけんめい》に学んでいるよ。周囲からの評判も悪くない」

「それは良かったですわ。色々と積もる話もありますから、明日ルーク達に会ってこようと思いますの」

「そうか。きっと彼も喜ぶと思うよ」

「ええ、ルーク達がどこまで成長したのか。久しぶりに会うのが楽しみですわ」

　薬草の周りに生えている雑草を丁寧《ていねい》に抜いていく作業を終え、ゆっくり立ち上がって長時間曲げていた腰をググッと伸《の》ばしたルークは、視界の端《はし》に懐かしい二人の姿を捉《とら》えた。

「え？　リリ様⁉」

　慌《あわ》てて両手の土を払《はら》うと、リリアーナとウィリアムの元に喜色満面で走り寄る。

「どうしてここに⁉　王太子夫妻は新婚旅行に行ったたって聞いたんだけど」

「ちょうどその帰りで、ヴィリアーズ領に寄りましたの」

「そっか、だから周りが昨夜から何だか騒《さわ》がしかったんだ……」

　ルークが腑《ふ》に落ちたと言わんばかりに頷いている。

　昨日の午後にリリアーナ達がヴィリアーズ邸に到着した後、領民の間では王太子夫妻がやって来たらしいと話題になっていたようだ。

「ルーク、元気そうで良かったですわ。もうお仕事には慣れました？」

「うん。朝早くからの畑仕事は大変だけどさ、毎日美味しいご飯を食べられて、温かい布《ふ》団《とん》で眠れて、給金だってもらえるんだ！　……それにさ、ヴィリアーズ領の人達、仕事には厳しいけど他はとっても優《やさ》しいんだ。ここに来る前にリリ様から聞いてはいたけど、本当にこんな暮らしが出来るなんて……。今でも時々これは夢なんじゃないかって、こっそり頰《ほお》を抓《つね》ってみたりしてさ。へへ」

ルークは恥《は》ずかしそうに頰をポリポリと掻《か》き、そしてキュッと口を引き結んで、

「リリ様とウィル様のお陰《かげ》だ。ありがとう」

そう言って静かに頭を下げた。

リリアーナはルークの肩に優しく手を置いて、

「私達はきっかけを与《あた》えたに過ぎませんわ。あなた達がたくさんの努力を重ねた結果が、今に繋がっておりますのよ。もっと胸を張ってシャンとなさいませね」

ふわりと柔らかい笑みを浮かべ頭を上げるように言い、ウィリアムは隣でそんなリリアーナを眩《まぶ》しいものを見るように目を細めている。

リリアーナの言葉に感動し、打ち震えていたルークだったが……。

「それはそうと、ルーク。あなた、しばらく見ない間にまた大きくなりましたのね」

王都からヴィリアーズ領に向かう前に会った時には、二人の身長はほぼ同じくらいであった。

でも今は、明らかに目線がリリアーナより上にあるルークに対し、リリアーナの恨みがましい視線が向かう。

「ええ〜？」

せっかくの感動も台無しである。

ルークは困ったように視線をウィリアムに向けて助けを求めるも、『諦めろ』とばかりにフルフルと小さく首を横に振られただけだった。

「リリ様、相変わらず大人げねぇなぁ」

小さく呟き息を漏らしたルークだが、それを懐かしいと感じるも、嫌だとは思わない自分に気付いて可笑《おか》しくなって笑い声を上げる。

そういえば、リリアーナ《このひと》はこういう人だった。

体は小さい（言ったら怒られるから言わない）けれど器《うつわ》は大きい、かと思いきや子どもみたいに笑ったり拗《す》ねてみたり。

本当ならひと目見ることも叶《かな》わないような、雲の上の存在であるはずの人。

「いきなり笑いだしたりして、何ですの？」

リリアーナの訝《いぶか》しげな眼差《まなざ》しにも臆《おく》することなく、ルークは楽しそうに言った。

「いや、リリ様はずっとそのままでいてくれよな」

ウィリアムはルークの言うことを正しく理解し、同意とばかりにウンウンと頷く。

ところがリリアーナは『そのままで』を身長のことと勘違《かんちが》いしたようだ。

「まあ！　兄様やエイデンはあんなに大きく成長されましたのよ？　きっと私もまだいくらかは伸びるはずですわ！」

フンスと鼻息荒《あら》く宣言するリリアーナに皆がポカンとした顔をした後、ブハッと噴《ふ》き出す音が続く。

「もう！　ルークなんて前髪《まえがみ》を切るのを失敗して、とんでもなく短くなってしまえばいいんですわ！」

「うわ、出た！　リリ様の地味に嫌な呪い！」

「お祈りです！」

ルークの目には笑いすぎて涙《なみだ》が浮かんでいる。

（……この夢のような生活に、不満なんて一切《いっさい》ない。リリ様と出会う前との差がありすぎて、時々不安に襲《おそ》われることはあったけれど。あの頃の自分には戻りたくなくて、とにかく頑張《がんば》って、頑張って、努力した。……リリ様達は見ていてくれた。認めてくれた。それが、こんなにも、嬉しい――）

ルークはこの環境《かんきょう》を与えてくれたリリアーナ達に感謝し、今後も努力を重ね、少しずつでもこの恩を返していけたらいいと思うのだった。

ヴィリアーズ領を出てフェーン領主邸で一泊し、空が朱《しゅ》に染まる頃にようやく王宮へ到着した王太子夫妻。

旅行前よりも更《さら》に仲睦《なかむつ》まじい様子を見せつけるように馬車から降りてくる二人を、ケヴィン含め近衛騎士《このえきし》達は口から砂糖を大量に吐き出しそうな顔を誤魔化すように、眉間に皺を寄せながら見守っている。

「やっと帰ってきたか……」

ダニエルの思わず漏れたであろう言葉に、皆頷きそうになるのを必死で耐《た》える。

ランブローグ王国に向けて出発してから王宮へ戻るまでの約一カ月間。

自分が行うはずだった仕事を引き受け（させられ）たダニエルに、さすがに罪悪感が芽生えたのか、

「あ～、その、長いこと仕事を押し付けて悪かった」

と、ウィリアムは小声で謝罪の言葉を口にした。

ダニエルは力なく、「ああ」と答えた。

何やらいつもと違う様子に、ウィリアムは気遣わしげに訊ねる。

「どうした？　何かあったのか？」

「う～ん、それが……」

言いかけてダニエルはチラリとウィリアムの横にいるリリアーナを見ると、気まずそうな顔をして濁《にご》すように告げた。

「いや、その……。疲れているところ悪いが、明日の朝なるべく早めに執務室《しつむ》に来てくれ」

ウィリアムは明日の昼頃から仕事に復帰するつもりであったが、ダニエルのこの様子では簡単に解決出来ないような何かが起こっているのだろうと想像する。

仕方なく「分かった」と頷いた。

「リリちゃん、お帰りなさい。新婚旅行は楽しめたかしら？」

久しぶりに国王一家《か　ぞく》全員が集まった夕食の席で、ニコニコと上機嫌《じょうきげん》で話《はな》し掛《か》けるソフィア王妃《おうひ》に、ホセがボソリと呟いた。

「実の息子よりも先に嫁の方にお帰りなさいって……」

それは運良くというか、ソフィアには聞こえていなかったらしい。

「ええ。途中色々ありましたが、素晴《すば》らしい時間を過ごすことが出来ましたわ」

笑顔で話すリリアーナの隣で、ウィリアムの顔が一瞬歪《いっしゅんゆが》む。

色々とやらかしてしまった自覚があるために何とも気まずそうに視線を逸らすが、そのやらかしを知っている者はこの場ではリリアーナしかいないため、皆は都合よく勘違いしてくれたようだ。

「アデライン王女のことであれば、使節団一行として先に帰国したオースティンからある程度は聞いている。それで、ランブローグ王国へのホセの婿入りの件だが」

皆の視線が国王陛下へと注がれる。

「オースティンの報告によれば、ランブローグ王国は観光地として栄え、なかなかに活気のある国だとか」

ウィリアムが頷いて答える。

「そうですね。空と海の青に調和するよう建物全てが白い壁《かべ》と青い窓枠《まどわく》で統一されていて、とても美しい街並みでした。食事も魚介料理を中心に大変満足のいくものでしたし、朝になるとカラフルなパラソルの下でたくさんの露店がひしめき合って、買い物目的でなくとも見ているだけで楽しめると思います」

「あいつと一緒《いっしょ》にいたら、食わずに見ているだけで終わるわけないよな」

ホセが呆れた口調でツッコミを入れるが、小声だったためにその声を拾ったのは隣の席にいたオースティンだけであった。

オースティンは思わず噴き出しそうになるのを咳《せき》で誤魔化しつつ、静かに話を聞けとばかりに目の奥が笑っていない笑みをホセへと向ける。

ホセは慌てて視線をテーブルの上の皿へ移すと、食事を再開した。

「お主《ぬし》達は件《くだん》の王女と直接会って話をしたのであろう？　その時の印象などを詳《くわ》しく聞きたいのだが」

国王陛下の言葉にウィリアムとリリアーナが揃《そろ》って頷き、まずはウィリアムから話しだした。

「そうですね、私が彼女に対して最初に抱いた感想は『噂《うわさ》とは全く真逆のじゃじゃ馬王女』でしたね」

「「「じゃじゃ馬……」」」

オースティンは余程《よほど》マイルドな言い回しで伝えていたらしく、ウィリアムの直接的な言い方に、国王陛下とソフィア王妃とホセの目が点になっている。

「ああ、悪い意味ではないので誤解しないでほしい。少しばかり危なっかしい気はしますが、民《たみ》のことを第一に考え行動することの出来る彼女はきっと良い女王になるでしょう。まあ、その辺りはリリーの方がよく分かっていると思います」

ウィリアムがリリアーナに話を振り、皆の視線が一斉《いっせい》にそちらに移る。

「オースティン殿下からお聞きになっていると思いますが、アデライン王女と一緒にお城を抜け出して、街にお出掛けしてきましたの」

「「「城を抜け出して……」」」

うふふと笑うリリアーナに、お留守番組《おるすばんぐみ》の三人がポカンとした顔をしている。

どうやらオースティンはアデラインのお忍《しの》びの話はせず、『噂とは多少異なるしっかりとした女性』であると伝えていたらしい。

「全く、無自覚人たらしが」

ホセの無意識に出たであろうツッコミに、オースティンは何とも言えず苦笑を浮かべた。

「正直に申しまして、私はホセ殿下の女性の好みを存じませんので、相性《あいしょう》の良《よ》し悪《あ》しは分かりません。ですから、ここからは私の主観でお話しさせて頂きますね」

そう言ってホセの方をチラリと見つつ、リリアーナは話を続ける。

「王女としての彼女は、とても責任感が強く真面目な方だと感じました。彼女の街へのお忍《しの》びは、書類上では見えてこない部分を自身の目で確かめるために始めたそうですの。思慮深《りょぶか》く穏やかな王女を演じておられますが、素の彼女は好奇心旺盛《こうきしんおうせい》な動物好きの、大変魅力ある女性ですわ」

「リリー、一つ言い忘れているのではないか？」

ウィリアムに言われるも、リリアーナは何のことか分からずに小首を傾げる。

「ホセと同じ腹黒なんだろう？」

クツクツと笑うウィリアムにつられるように、リリアーナとホセ以外の皆が笑いだした。

「ち、違いますわ。ホセ殿下は真っ黒ですが、アデライン王女は私が勝手にホセ殿下に似たところがありそうだと思っただけで……」

「リリちゃんの中で、ホセは腹黒で決定なのね？　うふふ」

「まあ、否定はせんがな」

焦《あせ》るリリアーナにソフィア王妃と国王陛下が楽しげに笑い、ホセが面白《おもしろ》くなさそうに口を尖《とが》らせる。

「皆、僕に対して失礼じゃないか？」

「まあまあ、あながち間違《まちが》ってはいないのですから」

オースティンの慰《なぐさ》めているのか貶《けな》しているのか分からない発言に、ホセが思わず反論の言葉を口にした。が――。

「オース兄《にい》は僕よりも真っ黒……」

途中でベチンという小気味良い音を立てて、オースティンの掌《てのひら》によってホセの口がしっかりと塞《ふさ》がれた。

この場でオースティンが常にかなりの猫《ねこ》を被《かぶ》りまくって誰《だれ》よりも腹黒であることを知っているのは、王太子夫妻とホセだけである。

実は国王夫妻や婚約者のユリエルでさえ知らない事実だったりするのだ。

「私が、何です？」

一見いつもの王子様スマイルに見えるだろうが、ホセは自分にだけ向けられた殺気にも似た威圧《いあつ》感に簡単に屈《くっ》し、首を横に振る。

「ホセ、余計なことは口にしないことですよ？」

オースティンはホセにだけ聞こえるようにそう言うと、何事もなかったかのようにホセの口から手を離《はな》した。

国王夫妻はそんな二人の行動を仲良し兄弟の戯《たわむ》れと思って微笑ましく見守っており、事実を知るウィリアムとリリアーナは、素知らぬ顔で目の前の食事に集中することにした。

「私はホセの婿入り件《この》は悪い話ではないと思うが、皆はどうだろう。特にホセ、お前はどう思う？」

国王陛下の問いにホセは食事の手を止め、少し考えてから小さく息を吐き出し答えた。

「どうも何も。王族として生まれた以上、国益優先に選ばれた相手と縁を結ぶものだと教わってきましたから、それについて特に思うことはないですね。でもまあ、面白そうな女性ではありますが」

その淡々《たんたん》とした物言いに、ソフィアが片頰《かたほお》に手を当てて溜息をつく。

「もう、ホセったら。また可愛くない言い方をして……」

「まあまあ、母上。私もこの話は悪くないと思いますよ。兄上とリリアーナ妃もそう思われませんか？」

「そうだな。ただ大人しく従順なだけの女性では、ホセの相手は務まらないだろう。……ホセがアデライン王女に振り回される姿が目に浮かぶな」

ウィリアムがクツクツと笑い、リリアーナも想像したのかふわりと笑んだ。

「私も悪いお話ではないと思いますわ」

皆が肯定《こうてい》したことに、国王陛下は満足そうに頷く。

「では早速明日にでも宰相《さいしょう》に話をするとしよう。……それはそうと」

それまで穏やかな雰囲気《ふんいき》を醸《かも》し出していた国王陛下は一転、厳しい顔つきでウィリアムへ語り掛けた。

「オースティンとホセの話も進んだことだ。そろそろ本腰《ほんごし》を入れて譲位《じょうい》の準備に掛かるつもりだ。ウィリアムもその心づもりでいるようにな」

「……承知しました」

ウィリアムが背筋を伸ばしてそう答えるのを、リリアーナは隣で静かに見守っていた。


翌朝、ウィリアムの執務室にて。

ダニエルの呼び出し通り早めに向かったウィリアムは、とんでもない爆弾《ばくだん》を投下されていた。

「実はな……、親父《おやじ》が騎士を引退すると言い出したんだ」

「何だとぉぉぉぉおおお⁉」

驚きに目を見開くウィリアム。

それはそうだろう。

ダニエルの父親ことザヴァンニ王国最強の騎士である近衛《このえ》騎士団長ルーカスの、突然《とつぜん》の引退宣言である。

正直に言って、騎士団長の引退はまだまだ先のことと思っていたため、まさかこのタイミングで、と動揺《どうよう》を隠《かく》せない。

「あと十年は続けられるほどの実力があるのに、なぜなんだ……？」

「あ～、それなんだが」

ダニエルが言いにくそうに口ごもる。

「？」

首を傾げるウィリアムに、ダニエルは頭をガシガシと掻きながら言った。

「……ウィル達の新婚旅行先が海向こうの国だと聞いた母さんがな、その、羨《うらや》ましそうに言ったらしいんだよ。自分達には海向こうどころか王国内の旅行も難しいわよね、って。これまでも、長期休みを取ること自体しなかった親父だからな。団長でいる間は旅行なんて夢のまた夢だと諦めている母さんに、親父も思うところがあったんだろう。『だったら俺がさっさと引退すればいい』とか何とか言い出してさ。せっかくだから、この際母さんが行きたい場所や国を全部二人で巡《めぐ》ろう、なんて。あの様子じゃ引退を撤回《てっかい》することはまずないだろうな」

　ダニエルは視線を足元に落としてハァと大きな溜息をつき、ウィリアムは動揺を隠せずソファーの背もたれにドカッと寄《よ》り掛かって意味もなく天井《てんじょう》を眺めた。

「……なあ、ルーカス騎士団長はそんなに愛妻家だったか？」

　ダニエルの父は近衛騎士団長の職に就《つ》いて長く、ウィリアムの剣《けん》の師匠《ししょう》でもある。

　幼い頃のウィリアムは少しだけ軟弱《なんじゃく》で泣き虫な子どもだった。

　ルーカスには『子どもだから』とか『怪我《けが》をしないように』なんて配慮《はいりょ》などなく、きつい訓練に我慢《がまん》出来ず、よく逃《に》げ出しては庭園の隅で隠れて泣いていたものだ。

　ルーカスの口から紡《つむ》がれる言葉は剣技《けんぎ》や筋肉についてばかりで、家族の話など聞いたことはなかったように思う。

　ダニエルの母はウィリアムの乳母《うば》であり、この夫婦《ふうふ》のことは二人の子どもであるダニエルほどではないが、それなりによく知っているつもりだ。

「愛妻家っていうか……。ウィルも知っての通り、親父は脳筋だろ？　巷《ちまた》では一歩下がって旦那《だんな》を立てる妻が理想とかって言われているらしいが、うちの母さんは一歩下がって後ろから親父を操《あやつ》っているって感じなんだよな。だから今回のことも、実は母さんがうまく親父をその気にさせたっていう方がしっくりくるっていうか」

　ダニエルの言葉にウィリアムは言われてみれば確かにそうだったかもしれない、と頷く。

　乳母としての彼女はいつもニコニコと笑みを浮かべていて、強い言葉で言われたことはない。

けれどもその笑みには『否』を言わせない何かがあった(気がする)。

「王国一の強さを誇《ほこ》る近衛騎士団長よりも強いのは、その奥方《おくがた》だったか」

ウィリアムが小さくフッと笑った。

「ま、庶民《しょみん》の間では、夫婦は奥さんが手綱《たづな》を握っている方がうまくいくって言われているからな。親父達もそうだったんだろうさ。ウィルとリリアーナ妃もだろう?」

「私とリリーもか?」

「ああ。一見ウィルに護《まも》られ可愛がられているだけの小動物系な奥さんって感じに見えなくもないが、実際は器がデカくて人たらしで優秀《ゆうしゅう》な王太子妃だからな」

妻であるリリアーナが優秀だと褒《ほ》められ、まんざらでもない様子のウィリアム。

そこでふと、昨日国王《父》に「そろそろ本腰を入れて譲位の準備に掛かる」と言われたことを思い出す。

近衛騎士団長と国王陛下の年齢《ねんれい》は近く、彼らと同年代の貴族の中にはすでに代替《だいが》わりしている者もいたはずだ。

自分達にもそういう時期が来た、ということなのだろう。

これまで忙《いそが》しく働き詰《づ》めであった国王夫妻《両親》に、これ以上無理はさせられない。

ならば——。

「私も前線から引くとしよう」

「はぁぁぁああ⁉」

思わずといったように勢いよく立ち上がったダニエルの絶叫《ぜっきょう》が、執務室内に響《ひび》き渡《わた》る。

「じゃあ近衛騎士団は？　どうするんだよ！　どうなるんだよぉぉおお‼」

頭を抱えて再びソファーにドカッと沈《しず》むダニエル。

「代替わりの時期が来たということだ。若者の士気を上げるためにも、良い機会とは思わないか？　上の者が長く居座《いすわ》り続けていても、いい成長には繋がらないからな」

「そりゃそうかもしれないけどな？　いきなりすぎるんだよ、親父も、ウィルも。引退するにしたって、まずは後任を決めなきゃならないんだからな？　それに若者の士気って、お前いくつだよ。まったく、団長と副団長がいっぺんに代替わりとかさ……」

ダニエルはこれでもかというほどに盛大《せいだい》な溜息をつく。

「だがそもそも立太子と同時に近衛騎士団副団長の座から退く予定だったのだ。それが遅《おく》れて、今になったというだけだ。お前だって、私がいつまでも副団長を続けられないことは分かっていただろう？」

「けどさ、だからって、ウィルの方はもう少し後でもいいんじゃないか？　何で今なんだよ……」

「それは……」

そこに、扉《とびら》の開く音が聞こえる。

「何だ？　面倒くさい時に来てしまったかな？」

突然の声の主へと視線を向ければ、これといった特徴《とくちょう》のない容姿の三十代前半と思《おぼ》しき男性が立っていた。

彼はザヴァンニ王国一の諜報《ちょうほう》能力を有すると言われている、ギルバート・クラリス。

ちなみに彼はリリアーナの友人であるイザベラの、歳《とし》の離れた夫である。

ウィリアムは諦めたように肩を落とすと、独り言ちる。

「私の部下は皆、ノックの意味を分かっていないのか……」

「ノックなら一応しましたよ。返事がないので勝手に入ってきましたがね」

ギルバートがニヤリと笑った。

「まあいい。それで？　何の用事だ？」

「表向きは長期休暇《きゅうか》とシンドーラハウスを使わせて頂いたお礼を言いに、ですね」

ウィリアムは慇懃無礼《いんぎんぶれい》なギルバートに呆れながらも、ずっと変わらないこの男に少しの安心感を覚える。

「本音は？」

「そろそろ諜報の仕事から離れようかと思いまして」

「なんと」

「……あんたもか！」

苦労性《くろうしょう》のダニエルが、がっくりと肩を落とした。

「あんた『も』とは？」

ギルバートが訝しげに眉《まゆ》を顰《ひそ》める。

「いや、なに。ルーカス団長と私が近衛騎士団を引退するという話になってな」

「は？　え？　二人ともいっぺんに？」

いつもは飄々《ひょうひょう》としているギルバートが目を大きく見開いて驚く様子に、『珍《めずら》しいものを見た』と思うウィリアムと、『仲間がいた』と喜ぶダニエル。

「そうそう、これだよ、これ。これが普通《ふつう》の反応なんだよ！　団長と副団長を誰にするか決めるのは、そんな簡単なことじゃないからな？」

必死な様子でダニエルが言《い》い募《つの》る。

ダニエルが言うことも分かるが、ウィリアムの中ではすでに自身の引退は決定事項《じこう》である。

とはいえ、ウィリアムやルーカスほどに騎士団を牽引《けんいん》出来るカリスマ性のある人物となると、そうそういるはずもない。

ウィリアム的にはダニエルが団長でいいと思うのだが、如何《いかん》せん彼の父親であるルーカスの名声が大きすぎた。

ダニエルは騎士としても補佐としても有能だが、『近衛騎士団長の息子』や『ウィリアムの側近』という目で見られることが多く、その実力を正しく評価してくれる者はそう多くない。

単純にウィリアムの推薦《すいせん》で団長にしたならば、騎士団は公的機関であるのに血縁者《けつえんしゃ》を優先的に後継《こうけい》にするのは卑怯《ひきょう》であると、他の団員から不満が出かねないだろう。

なので、推薦での任命は避《さ》けた方がいい。

「ギルバートにも意見を聞きたい。近衛騎士団長と副団長の後任を急ぎ決めるにはどうしたらよいだろうか？」

いきなりの質問にギルバートは困ったように眉を下げながらも、真剣《しんけん》に考えてくれているようだ。

「そうですね……。実力を見るのであれば、トーナメント戦でもすればいいのでは？」

「「なるほど」」

ギルバートの案にウィリアムとダニエルが深く頷いた。

「まあしかし、団長や副団長を決めるとなると、実力はもちろんのこと、騎士としての誠実さや自制心、守秘義務の徹底《てってい》、王家への忠誠心なども必要不可欠なわけですが……」

ウィリアムとダニエルがギルバートを凝視《ぎょうし》する。

「何です？」

嫌な予感でもしたのか、ギルバートは眉を顰めて憂鬱《ゆううつ》そうな顔をした。

「ギルバートに騎士達の身辺調査をしてもらいたい」

その言葉に額に手を当てて、ギルバートはこれでもかというほどに盛大な溜息をつく。

「先程の私の話を聞いていませんでしたか？　私は諜報の仕事を離れたいと言いましたよね？」

「ああ、しっかりと聞いたな」

「ならば……」

「これがギルバートに頼む最後の諜報の仕事だ。……多分（ボソッ）」

「……」

「諜報の仕事から引退を考えたのは夫人のため、違うか？」

ギルバートが今度は小さな溜息を一つついた。

この部屋に入ってからは溜息ばかりで、幸せが逃げたらどうしてくれるとばかりにウィリアムを睨《にら》み付《つ》ける。

「……そこまで分かっていて、なぜすぐに引退させない？　私の妻は寂《さび》しがりやなんですよ。諜報の仕事なんてしていると、なかなか一緒にいてやることも出来ませんのでね」

諜報の仕事は先のランブローグ王国での事件解決時しかり、戦う腕もないと出来ないため、ギルバートは騎士としての戦力も十分に備えている。

「私としてはこれ以上実力のある者に抜けられたくない。そこで提案だ。ギルバートもトーナメント戦に出て、団長か副団長を狙《ねら》ってみないか？」

「「はい？」」

空気になって静かに聞いていたダニエルも、思わずといったようにギルバートと一緒に声を上げた。

「近衛騎士というのは王族を守るのが仕事だ。ということは、だ。王都から離れることは滅多《めった》にない。まあ絶対とは言えないが、諜報ほどではないのは確かだ。更に言えば、団長や副団長は近衛騎士達の勤務形態を決める側——管理職だ。私の言っている意味が分かるか？」

「勤務時間を自分で決められるということですか……。いいのですか？　そんなことを私に言って。仕事を部下に丸投げするかもしれないですよ？」

「なに、私の知っているギルバートは案外真面目で、夫人はその更に上をいく真面目人間だからな。ギルバートが仕事をサボろうとしても夫人が許さないだろう」

ウィリアムがニヤリと笑う。

ギルバートはそんなウィリアムに何か言おうと口を開くも、言葉が出てこないといった風に悔《くや》しそうに顔を顰《しか》めた。

「それに、引退を口にした時点で、部下の育成は終わっているんじゃないか？」

「……今後はレオンとジルの二人が私の代わりに諜報の仕事を担《にな》っていくでしょう」

「なら、決まりだな。さて、ここからはトーナメント戦について話し合おうか」

ギルバートはウィリアムの思い通りに進んでいくことに、不機嫌《ふきげん》さを隠すことなくまた一つ溜息をついた。

第2章　ついに騎士団を……

「えええええええ!?」

驚《おどろ》きのあまりリリアーナは思わずといった風に大きな声を上げてしまい、ハッとして慌《あわ》てて口を噤《つぐ》む。

面倒《めんどう》くさがるケヴィンの手を借り、ベゴンビルの苗《なえ》を植えたお気に入りの四阿《あずまや》でのんびりとランブローグ王国産のお茶を楽しんでいたところ、ウィリアムとダニエルがやって来て……。

ウィリアムがモリーの淹《い》れたお茶に口をつけ満足そうに頷《うなず》き、カップをソーサーへ戻《もど》すと突然《とつぜん》、

「リリー、私はそろそろ騎士団《きしだん》を引退して、後を任せようと思う」

と告げたため、先程の大声に繋《つな》がってしまったわけである。

王太子としての仕事に加え、近衛《このえ》騎士団副団長を兼任《けんにん》していたウィリアムは明らかにオーバーワークであると言えた。

リリアーナは心配で何度か『無理はしないでほしい』と伝えたこともあったが、ウィリ

アムにとって騎士団で体を動かすことは気分転換《てんかん》にもなっているようだったため、あまり強く言うことが出来ずにいたのだ。

だがいざその時が訪《おとず》れてみれば、ウィリアムの負担が減って良かったと思う反面、彼の騎士服姿も見納めなのだと少しばかり寂《さび》しく感じる。

「リリー？」

少し呆《ほう》けていたらしい。

いつもと違《ちが》う様子のリリアーナをウィリアムが心配そうに見ていた。

「何でもありませんわ。……でも、そうですね。ウィルが騎士として活躍《かつやく》するカッコいい姿を見られなくなるのは、少しばかり残念ですわね」

リリアーナの言葉に『やはり引退はもう少し先に……』と心揺《ゆ》れるウィリアムだったが、先日の国王陛下の姿を思い出し、正気に戻る。

ウィリアムはダニエルの恨《うら》みがましい視線をコホンと咳《せき》で誤魔化《ごまか》すと、リリアーナに詳《くわ》しい説明を始めた。

「……そんなわけで、トーナメント戦をすることになった。各々《おのおの》の普段《ふだん》からの実績・戦績や身辺情報などの調査もするが、それとは別に実戦でも実力を確認《かくにん》したくてな」

「まあ、トーナメント戦！　それは素晴《すば》らしいですわね！」

リリアーナは両手を胸の前で握《にぎ》り、瞳《ひとみ》をキラキラさせる。

今でこそ訓練場に時々とはいえ見学に顔を出すリリアーナだが、初めから興味があったわけではない。

リリアーナの父も兄も弟も、どちらかと言えば文官寄りで、剣技《けんぎ》は嗜《たしな》む程度である。学園には騎士科のクラスはあったが校舎が離《はな》れていたため、わざわざ足を運ばない限り訓練する姿を目にすることはまずない。

(※クロエはわざわざ足を運んで理想の筋肉様を探しに行っていた)

リリアーナが初めて本格的な訓練を目にしたのは、ウィリアムと婚約《こんやく》して少し経《た》った頃《ころ》のこと。

珍《めずら》しいアガベの花を見ようと誘《さそ》われて、ウィリアムの訓練が終わるのを訓練場の隅《すみ》で待っている時だった。

息を乱すことなく舞《ま》うように軽々と剣《けん》を振《ふ》るウィリアムに、気付けば見惚《みと》れていた。

そしてリリアーナが王宮に移り住んでからは、こっそりと訓練を覗《のぞ》き見《み》するようになったのだ。皆《みな》は気付いていながらも、知らないフリをしてくれていたのだけれど。

近衛騎士団長・副団長を決めるトーナメント戦のため、引退するウィリアムは参加しないことを少し残念に思いながらも、リリアーナの興味は全く萎《しぼ》んでいない。

「あなた達は出場されるのでしょう?」

ウィリアムの隣《となり》に腰掛《こしか》けて、初めてのランブローグ王国産のお茶をいたく気に入った様子のダニエルと、リリアーナの後方で護衛中のケヴィンに順番に視線を向ける。

「一応、な」

照れたように笑うダニエルに、ケヴィンも「おう」と親指を立ててみせた。

きっとこれからしばらくの間、夜会やお茶会はトーナメント戦の話題で持ち切りになることだろう。

「リリー」

ウィリアムに呼ばれ、リリアーナはそちらへゆっくりと顔を向ける。

そのタイミングで人払《ひとばら》いの指示を出し、侍女《じじょ》と護衛騎士達が声の届かない範囲《はんい》まで下がったのを確認すると、ウィリアムが話しだした。

「先日、私が夕食の席で国王陛下《父上》に言われたことを覚えているかい？」

「譲位《じょうい》のことでしょうか？」

「ああ。私が王位に近付くということは、リリーが王妃《おうひ》に近付くということになる。だから私もこの度《たび》、副団長の座を退くことにしたのだが……」

「えっ！　ウィル、そういうことだったのか？　もうそんな話になっていたのかよ」

思わずといった風に、ダニエルが話に割り込む。

「あ、ああ。……そうか、ダニーにこの話を伝えるのを失念していたな」

「おいおい、そういうことなら早く言ってくれよ。てっきりウィルの気まぐれだとばかり恨みがましい目をダニエルがウィリアムへ向ける。

「……」

「悪かった、つい言ったつもりになっていた」

「まったく、めちゃくちゃ大事なことだぞ。……よし、そういうことならもうきっぱり割り切った！　次のトップ二人をしっかり見定めるとしようぜ」

ダニエルの言葉にウィリアムはしかと頷いて、二人はガッチリ手を組む。

それからウィリアムはリリアーナに向き直った。

「その準備として、次期王妃付きの騎士を増員しようと思う。今現在、王太子妃付きの男性騎士はケヴィンのみだ。私としては、あと三名から五名ほど増やしたい。といっても、通常は近衛がつくからそんなに人数は必要ないが、あくまで『リリーが自由に動かせる騎士』という認識《にんしき》でいてくれ」

「畏《かしこ》まりました。ケヴィンと同じ役目の騎士が増えるということですわね。いつもケヴィンがお休みの時は他の護衛を探さねばなりませんでしたから、大変助かりますわ」

「ああ。こちらもトーナメント戦を見て決めるつもりだが、告知はしない。そして、単純に勝ち残った者から選ぶというわけでもない。トーナメント戦では対戦カードが悪く、途《と》中《ちゅう》敗退するそれなりの実力者もいるだろう。当日はリリーが自身の目で見て、『この者なら信用出来そうだ』と思う者をチェックしてほしい」

「……私に選べますかしら？」

「そこは難しく考えずにリリーの直感で構わない。チェックした騎士の中から更《さら》に諸々《もろもろ》の条件をクリアした者を選ぶつもりだ。あまり気負わずに選ぶといい」

「ええ、分かりました」

「それと並行《へいこう》して、次期王妃付きの女性騎士も増やすべきだな」

ダニエルがテーブルの上のお菓子《かし》に手を伸《の》ばしながら、サラッと告げた。

「ティアとアンリ以外にですか？」

突然男性騎士以外に女性騎士も増員と言われ、リリアーナが困惑《こんわく》顔で訊《たず》ねると、ウィリアムがそれに答える。

「ああ。その二人は専属近衛頭にして、それ以外に二、三人は欲《ほ》しい。とはいえ、女性の騎士は数が少ないからな……近衛だけでなく通常の騎士からも希望者を募《つの》って試験を行うのはどうだろう？」

ダニエルが口の中のお菓子を紅茶で流し込んで、疑問を口にする。

「近衛以外の騎士からも希望者を募るのはいい案だと思うぞ。だがな、女性近衛の中にも昇格《しょうかく》を狙《ねら》って団長・副団長を決めるトーナメント戦への参加希望者がいるかもしれない。そうなった場合はどうするんだ？　トーナメント戦は諦《あきら》めて、次期王妃付きの女性騎士を決める試合に出ろというつもりか？」

ウィリアムとダニエルが『う～ん』と考える仕草をすれば、

「あの」

リリアーナがおずおずと手を上げて自信なさげに話しだした。

「それでしたら、女性近衛の方はトーナメント戦か王妃専属騎士を決める試験のどちらか一方のみに参加出来るというのはどうでしょう？　もちろん、どちらを選ぶかは任意ですわ。結果的に採用が被《かぶ》ってしまっても大変ですし」

「なるほど、選択《せんたく》は自由だが両方応募《おうぼ》は出来ないということか。いいんじゃないか？」

ダニエルがリリアーナの案に賛成し、ウィリアムもそれに同意とばかりに頷く。

「トーナメント戦は大々的に行い、リリー専属の女性騎士試験はその後に内々で行うとしよう。女性騎士でなければついていくことが出来ない場所もある。男性騎士よりも距離《きょり》感が近くなる分、特に信用のおける者を選びたいところだ。こちらの試験にはリリーも試験官として参加してもらうから、そのつもりでいてくれ」

「承知しました。試験官をするにあたって、何か注意点などはありますか？」

「そうだな、試験には試合も含《ふく》むが、リリーとの相性《あいしょう》もあるから書類審査《しんさ》や面談などもするつもりだ。しっかりとした強さや人間性を確認し、総合的に判断するといい。もし他に必要な項目《こうもく》があれば、遠慮《えんりょ》なく言ってくれて構わない」

「そうですね、私のための護衛ですもの。自分なりにどこをどう注意して見ていくのか、しっかり考えてみますわ。……それでトーナメント戦に話を戻しますが、どちらで行われますの？　誰《だれ》でも自由に観覧出来ますの？」

前のめりに聞いてくるリリアーナに、ウィリアムは苦笑《くしょう》を浮《う》かべた。

「場所は近衛騎士団の訓練場を予定している。観覧だが、さすがに誰でもというわけにはいかないな」

昨年起こった隣国《ベルーノ王国》のクーデター以降、近隣《きんりん》諸国は戦争などなく安定している。とはいえ、いつ何が起こるかは誰にも分からないのだ。だからこそ——。

「他国に我が国の正確な戦力情報を把握《はあく》されぬように、ということでしょうか？」

リリアーナの言葉にウィリアムが頷く。

「観覧出来るのは、騎士の身内のみに限定しようと思う。だがその身内と称《しょう》して怪《あや》しい輩《やから》が紛《まぎ》れ込む可能性も否定出来ない。そういうわけで、招待出来る人数に制限を掛けるつもりだ」

「どのように制限されますの？」

「そうだな……。一騎士につき二人までというのはどうだろう？　今回は実力を見るためのトーナメント戦になるから、小さな子どもの観覧は断らせてもらう方向で考えている。念には念を入れて参加する騎士全員に、観覧者の氏名や騎士との関係などを記入した観覧申請書《しんせいしょ》を提出させれば、怪しげな者には事前調査を入れることが出来るな」

リリアーナは納得《なっとく》したとばかりにフムフムと何度も小さく上下に頭を動かし、ニコリと笑う。

「そのやり方ならば、高位貴族出身の騎士に、低位貴族や平民出の騎士が観覧者枠《わく》を無理やり奪《うば》われるなどの被害《ひがい》も防ぐことが出来ますわね」

「ああ。これまで近衛騎士団を実力主義へと変えるべく奮闘《ふんとう》してきたが、残念ながら未《いま》だ爵位《しゃくい》にこだわる者はいる。騎士に必要なのは権力ではなく勇敢《ゆうかん》と忠誠、それに実力・自制心・誠実さ・寛大《かんだい》さだと私は思っている。普通《ふつう》の騎士でなく王族に近い近衛だからこそ、守秘義務を厳守出来る人材であることも重要だ。今回の申請書で変な輩を忍《しの》び込ませたり虚偽《きょぎ》の申請をした者は信頼《しんらい》性がないと判断し、近衛に所属すること自体認めない。今回のトーナメント戦は、ある意味チャンスと言えるかもしれないな」

「チャンス、ですか？」

「そうだ。権力のゴリ押しで入隊した者達のほとんどが、訓練を蔑《ないがし》ろにしている。そのせいで、本気で訓練に取り組んでいる者との実力差がだいぶ開いてしまっている。トーナメント戦ではかなりの人目があるからな。騎士の中でも近衛騎士団は花形職だと言われてはいるが、爵位だけでやっていける職ではないと、彼らには身をもって理解してもらう」

「そいつらの尊い犠牲によって、今後はゴリ押しで入隊してくる奴《やつ》は激減するだろうな」

これまでリリアーナが想像もつかないほどに辛酸《しんさん》をなめてきたのだろうウィリアムとダ

ニエルが、とても悪い顔をして嗤《わら》った。

リリアーナは若干《じゃっかん》引きながらも疑問に思ったことを素直《すなお》に聞いてみる。

「激減ということは、いなくなるわけではないということですか？」

「いなくなってほしいというのが正直な気持ちではあるが、どうしようもないバカも一定数いるということだ」

「そうなのですね。ところで、トーナメント戦は近衛騎士団の訓練場で行われるとのことでしたが」

「ああ、それで間違《まちが》いないが」

「観覧席は立見席ということでしょうか？」

というのも、訓練場の隅にはベンチのような腰掛けられる場所があるだけで、観覧席として使うのは難しいと思われた。

「そのことならトーナメント戦に間に合うように、訓練場の改装を行うことになっている。完成すれば、今回招待する人数分くらいは座って場内を見ることが出来るようになるから安心してくれ」

「まあ、それは良かったですわ。立ち見ですと、前に誰かが立たれると見えなくなってしまいますもの」

「ブハッ」

リリアーナの言葉に我慢《がまん》出来ないとばかりにダニエルが噴《ふ》き出《だ》した。

「ダニー、お前……」

可愛《かわい》らしいことを言うリリアーナに目尻《めじり》を下げ、愛《め》でるように見ていたウィリアムがギロリとダニエルを睨《にら》む。

「いやいや、だってさ、王太子妃の口から立ち見なんて言葉が出てくるとかさ、ブフッ、は、腹痛てぇ」

肩《かた》を震《ふる》わせて笑うダニエルにリリアーナはキッと睨み付け、地味に嫌《いや》なお祈《いの》りを叫《さけ》んだ。

「ダニマッチョなんて、眉毛《まゆげ》がもっさり生えて繋がって、どこまでも伸びていけばいいんですわ！」

「うわ、これまた地味に嫌〜なお祈りだな」

「そうでしょう、そうでしょう。それ以上笑うのでしたら、もっとたくさんお祈りしますわよ？」

「分かった、分かった。もう笑わないから勘弁《かんべん》してくれ」

ダニエルは苦笑しつつ、ウィリアムにこっそり囁《ささや》いた。

「お前の奥さん、怒《おこ》らせると面倒だな」

「いや、可愛いの間違いだろう？」

そう言って幸せそうに笑うウィリアム。

『常に仏頂面《ぶっちょうづら》で笑った顔を見たことがない氷の王子様』などと言われていたウィリアムも、すっかり変わったなとダニエルは口角を上げた。

「あ」

ふと思い出したように、リリアーナが声を上げる。

「そうですわ、三日後にクーをお借りしますわね」

「三日後？……ああ。確かクラリス夫人（イザベラ）と三人でお茶会、だっけ？」

エリザベスは夫であるアレクサンダーの領地にいるため、三人でのお茶会なのだ。

「あら、クーからお聞きになりましたの？」

「聞いたというか、正確には手紙に書いてあるのを読んだ、だけどな」

リリアーナはフムと小さく頷く。

「数カ月前に王族を名乗る女性が登場して、数々の予定がずれ込みましたでしょう？　そのために大切な友人《エリー》の結婚式《けっこんしき》に参列出来なくなってしまって……。クーとベラ様は参列されましたから、その時の様子を伺《うかが》おうと思っておりますの。ついでといっては何ですが、新婚《しんこん》旅行のお土産《みやげ》もお渡《わた》ししようかと」

ウィリアムとダニエルはリリアーナの言葉で、少し前に起こった、妄想《もうそう》力の強い女性が王族を騙《かた》った事件を思い出した。

「そんなこともあったな。リリーには参列させてやれずにすまなかった」

ウィリアムは申し訳なさそうに、リリアーナの頭を撫《な》でた。

王族に名を連ねた瞬間《しゅんかん》から、リリアーナには安全面の強化などにより伯爵令嬢《はくしゃくれいじょう》だった時以上に行動の制限が課され、そしてザヴァンニ王国と王国の民《たみ》に対しての義務と責任が発生している。

もしウィリアムが王族でなかったら、大切な友人の結婚式に参列することが出来ていたはずだと、ウィリアムはリリアーナに対し心苦しく思っていたのだ。

「仕方ありませんわ。参加出来ない代わりに王家からはお祝いの品をこれでもかと贈《おく》らせて頂きましたし、エリーも笑って許してくれましたから、もう気になさらないで」

「リリーがそう言うなら……」

「このお話はこれでお終《しま》い。それでももし気にされるというのなら……。三日後のお茶会に特別なスイーツの差し入れをしてくださいませ」

「分かった。パティシエ達に頑張《がんば》ってもらうことにしよう」

「期待しておりますわね」

リリアーナは三日後のお茶会に思いを馳《は》せて、うふふと笑った。

王宮の奥庭《おくにわ》にある真っ白く小さな四阿は先日ベゴンビルを植えたところであり、リリアーナが王宮内で一番お気に入りの場所だ。

テーブルの上には約束通り、ウィリアムが手配してくれた王宮のパティシエ達が作った特別なスイーツが並べられている。

「二カ月ぶりになりますかしら。リリ様、新婚旅行はいかがでしたか？」

クロエとイザベラがニコニコしながら聞いてくる。

海向こうのリゾート地に興味津々といったところだろう。

「急遽《きゅうきょ》行き先が変わって侍女《モリー》達が準備に大わらわでしたが、とても素晴らしかったですわ。国外に出るのも海を見るのも船旅も、全てが初めてのことだらけで、良い経験になりました。それに、あちらの第一王女様とお友達になりましたの」

「第一王女様？」

「ええ、本当に感じの良い方でしたわ。かなりの動物好きで、ペットのための温室《コンサバトリー》まであリましたのよ？」

「それはまあ、相当な動物好きですわね」

「中には猫《ねこ》やうさぎにカラフルな鳥達がいて、これ以上ないほどに癒《いや》されましたわ」

「確かに癒されそうですわ」

可愛らしいペット達に囲まれている姿を想像したのか、クロエとイザベラが「ふふ」と笑った。

「王女様とはお別れする時に、お手紙を送り合う約束をしましたの」

「リリ様は人たらしですから、あちらこちらにお友達が増えていらっしゃいますわね」

「他国の方達と知り合えるのは、それまで知らなかった世界を知られるようで、楽しいですわ」

話に花を咲《さ》かせつつも、テーブルの上の特別なスイーツに手が伸びる。

「他にはどんなところへ観光しに行かれましたの？」

「朝市を堪能《たんのう》したり、絶景が眺《なが》められる有名店に行ったり……。ですが、一番印象に残っているのは、洞窟《どうくつ》ですわ」

「洞窟？」

意外な場所が出てきて、クロエとイザベラは首を傾《かし》げる。

「小船でしか行くことの出来ない、貴重な洞窟なのです。そこで見た光景は、忘れられないほど……美しいものでしたわ」

思い出しながら、うっとりとリリアーナは語る。

「ですが、どうにも言葉にするのが難しい美しさですの。もしお二人がランブローグ王国へ行く機会がありましたら、ぜひそちらにも足を向けて頂きたいと思いますわ」

「そう言われると気になりますわね」

「ええ。今後ランブローグ王国へ行くことがあれば、その洞窟への行き方を詳しく教えてくださいませね」

　クロエとイザベラが目を輝《かがや》かせながら、リリアーナへ前のめりになる。

　海向こうの国、そこで見える特別な景色……思いを馳せてときめかない人はいない。

　ひとしきり新婚旅行について盛り上がった後、リリアーナはイザベラへ話を振った。

「そういえば、ベラ様はギルバート様とシンドーラハウスに行かれたのでしょう？　いかがでしたか？」

「ギル様と二人で毎日手を繋いで散歩に出掛《でか》けるほどに、川沿いに並ぶ樹木の淡《あわ》いピンク色の花が何とも美しくて……」

　イザベラはその時のことを思い出したのか、ふわりと優《やさ》しい笑《え》みを浮かべた。

「毎日手を繋いで散歩だなんて、仲睦《なかむつ》まじくいらして羨《うらや》ましい限りですわ」

　婚約者《ダニエル》が仕事に忙《いそが》しくなかなか会えないクロエが「ほぅ」と溜息《ためいき》をつく。

　その忙しさの原因がリリアーナとウィリアム《自分達》にあることが分かっているため、リリアーナは苦笑を浮かべつつ、心の中でクロエとダニエルに謝罪した。

「ちょうど見頃《みごろ》で良かったですわね」

「ええ、一生の思い出になりましたわ。シンドーラハウスの使用許可を出してくださって、殿下《でんか》とリリ様にずっと感謝の言葉をお伝えしたいと思っておりましたの。本当にありがとうございました」

「喜んで頂けて良かったですわ。でも続けてエリーの結婚式もありましたから、かなりお忙しかったでしょう？」

「それなのですが、一度屋敷《やしき》に戻って準備をしてからエリー様の婚約者様の領地に向かう予定でおりましたのを、ギル様が屋敷には戻らず直接向かおうと仰《おっしゃ》って」

「参列時の衣装《いしょう》など、諸々の準備はどうされたのですか？」

「それが、それらは街で購入《こうにゅう》すればいい、それくらいの甲斐性《かいしょう》はあると……」

「まあ、ギルバート様は太っ腹ですわねぇ」

リリアーナは感心したようにうふふと笑って、スイーツに手を伸ばす。

「あら？　このスイーツは見た目と違いあっさりしていて、いくらでも食べられそうですわ」

「こちらのチョコレートは二層になっていて、外はほろ苦いけれど中は甘く、何だか癖《くせ》になるお味です」

「このケーキは下層のクッキー生地《きじ》がサクサクしていて、本当に美味《おい》しいですわ」

ウィリアムがパティシエに作らせた特別なスイーツは、どうやら気に入られたようだ。

「それで、エリーとアレクサンダー様の結婚式はどうでしたか？　詳しくお聞きかせくださいませ！」

リリアーナは瞳を輝かせてクロエとイザベラから語られるのを待っている。

そんなワクワク顔のリリアーナに、二人は顔を見合わせて微笑《ほほえ》んだ。

「二人が挙式された教会は昨年改築したらしく、まるで童話の世界に迷《まよ》い込んだような外装でしたわ」

「可愛らしくもあり、清楚《せいそ》でもある、素敵《すてき》な教会でしたわね」

ウンウンと頷き合うクロエとイザベラ。

「スレンダーなエリー様によく似合う、上品でシンプルなマーメイドラインのドレスを身に纏《まと》い、お父様のエスコートでアレクサンダー様の元に向かわれる時の、絨毯《じゅうたん》の上に伸びたトレーンの美しさが印象的でした。ベールはお母様がお作りになったものだそうで、細かい刺繍《ししゅう》が施されたとても素敵なベールでしたわ」

イザベラが嬉《うれ》しそうに、そして羨ましそうに語る。

元侯爵《こうしゃく》令嬢であるイザベラの両親は、典型的な政略結婚だった。

彼女には、両親から褒《ほ》められたり抱き締《し》められたりといった記憶《きおく》はない。

ずっと側《そば》にいて支えてくれた侍女《カーラ》と何かと陰《かげ》で庇《かば》ってくれていた執事《しつじ》、そしてリリアーナとクロエとエリザベスという信頼し合える友人が出来たことと、ズブズブに甘やかし愛してくれる夫《ギルバート》のお陰で今は幸せに暮《く》らしているようだ。

とはいえ、親の愛情というものを目の当《ま》たりにすると、両親から愛されたかったあの頃の自分が思い出されるのかもしれない。

そんなイザベラの胸中を察したのか、クロエが続いて話し始める。

「爽《さわ》やかな空気に包まれて、雲一つない青空がどこまでも続く結婚式日和《びより》でしたわ」

「まあ、それなら本邸《カントリーハウス》でのガーデンパーティーは素晴らしいものになったでしょうね」

「ええ、エリー様らしい和気藹々《わきあいあい》とした温かいパーティーでしたわ」

そこまで言って、クロエが思い出したようにふふっと笑った。

「クー？」

リリアーナとイザベラが首を傾げる。

「すみません、少し思い出してしまって。ガーデンパーティー中、ベラ様の旦那《だんな》様が飲み物を取りに行っている隙《すき》に、ベラ様にお声掛けをされた方が数名おられたのですが……」

イザベラは何の話か分かって、恥《は》ずかしそうに頰《ほお》を朱《あか》く染めて俯《うつむ》いた。

「それに気付いたベラ様の旦那様が慌てて戻っていらして。ベラ様を隠《かく》すように前に立ち、何とも怖《こわ》いお顔で『私の妻に何か御用《ごよう》がおありですか？』と」

「ベラ様、愛されておりますわねぇ」

イザベラはリリアーナの言葉に更に頬を真っ赤にし、けれども嬉しそうに微笑む。

「カーラ以外でこんなにも惜《お》しみない愛情を注いでくださったのは、ギル様が初めてで。私もギル様に何か返せればいいのですが、何をどうしたらよいのか分からなくて……」

「ベラ様はそのまま素直に旦那様に甘えられたらよいと思いますよ？」

クロエの言葉にリリアーナは頷き、イザベラはキョトンとした顔をしている。

「ベラ様の旦那様は、ベラ様に頼《たよ》られることが嬉しいと感じる方のようですもの。遠慮なく頼ってしまいましょうよ」

ね？　とクロエが微笑み、そういえばと続ける。

「ギルバート様もトーナメント戦に出場なさるのですよね？」

「そう聞いておりますわ」

トーナメント戦の話が出てきたことで、リリアーナが声を潜《ひそ》めて二人に告げる。

「お耳を少し近くに」

クロエとイザベラが不思議そうな顔をしつつ、リリアーナに言われた通りに耳を寄せる。

「ギルバート様が、ベラ様のために配置換《はいちが》えを申し出られたそうですわ」

「「え？」」

クロエとイザベラがどういうこと？　といった風に顔を見合わせた。

「近衛騎士団は王族や要人警護が主な仕事ですわ。そこに所属出来れば、これまでのように長期で家を空けなければならないようなお仕事は滅多《めった》にないはず。ギルバート様はベラ様と一緒《いっしょ》にいる時間を減らされたくないと、今回のトーナメント戦の出場を決められたのだとか。トーナメント戦で実力を示すことが出来たら、配置換えが認められるだろうとウィルが」

「まあ、それならベラ様、一生懸命応援《いっしょうけんめいおうえん》しなくてはいけませんね」

「まさか私のためだったなんて……嬉しい。力の限りギル様を応援致《いた》しますわ！」

イザベラが胸の前で両手の拳《こぶし》をギュッと握る。

「ダニマッチョも出場されますから、クーも応援しなくてはいけませんね」

「ええ。私も負けずに応援致しますわ」

「当日は周りの方々と同様に気楽に応援出来るよう、ドレスではなくワンピースの着用を考えておりますが、クーとベラ様はどう思われますか？」

「ギル様をたくさん応援したいので、ワンピースは良いですね」

「私もダニエル様を応援したいので、ワンピースでいいと思いますわ。筋肉の祭典《トーナメント戦》、楽しみですわ」

「「え？」」

何か違う響《ひび》きのように聞こえた気がするが、きっと気のせいだということにしようと、リリアーナとイザベラは目で会話した。

リリアーナ専属騎士の件はウィリアムが告知しないと言っていたから、クロエやイザベラにも話していない。

当日は二人と共にトーナメント戦を応援しつつ、自身の目で見てしっかりとチェックしなければ、と改めて思うリリアーナであった。

「それはそうと、クーは結婚式の準備はどこまで進んでおりますの？」

「準備はほぼ終わっております。家族と親しい友人のみの小規模なものにした分、こだわるところはこだわりましたわ」

「まあ、それは今聞いても大丈夫《だいじょうぶ》かしら？」

クロエがニッコリ笑顔《えがお》で頷く。

「浮いた予算で少しだけドレスを豪華《ごうか》にして、あとお食事にはかなりこだわりました」

「「食事……」」

リリアーナならば納得だが、クロエが食事にこだわったことに少しばかり驚いた二人。

「筋肉に良いとされる素材を使った、フルコース料理ですわ！」

「「あ、そっち……」」

リリアーナとイザベラが遠い目をした。

本当にクロエはブレない。

「コホン。浮いた予算というと、もう少し大きな規模で結婚式を挙げることが出来たけれどそうはしなかった、ということですの？」

とりあえず咳で一旦《いったん》気を引き締めてから話を始めたリリアーナに、クロエが相槌《あいづち》を打つ。

「ダニエル様は一生に一度のことだからと、それなりの規模の結婚式を考えていてくださったのですが、私が固辞致しました」

「それはなぜ？」

「本当に私達を心から祝福してくださる大切な方達の前で、ダニエル様と愛を誓《ちか》い合いたかったのですわ。小さくとも温かい式が私の望みだと申しましたら、ダニエル様は『それがクーの望みなら』と……」

「「素敵ですわ‼」」

リリアーナとイザベラの瞳がこれ以上ないほどにキラキラと輝いている。

まるで幸せな恋《こい》物語を見ているようだと大はしゃぎする二人に、クロエは今日一番の笑顔で、

「ありがとうございます」

と照れたように返したのだった。

幕間 ◈ とある騎士達の悪だくみ

トーナメント戦より少し前の、とある酒場にて。

酒に酔《よ》った者達による喧騒《けんそう》の中、その場の雰囲気《ふんいき》とは異なる二人の男がいた。

一見すると普通《ふつう》のシャツにスラックス姿であるが、よくよく見ればそのどちらも仕立ての良いことが分かる。

二人は騒《さわ》がしい酒場の奥の席を陣取《じんど》り、難しい顔をしながら声を潜《ひそ》めて良からぬ話をしていた。

「トーナメント戦に向けて朝から晩まで訓練など、やっていられるか」

男は吐《は》き捨《す》てるように言うとグイッとグラスに残る酒を一気に呷《あお》り、振《ふ》り返《かえ》って店員に「エールを追加」と告げる。

「全くだ。殿下《でんか》が身分に関係なく実力で見るなどと口にしたせいで、下位貴族や平民の奴《やつ》らが目障《めざわ》りなほどにやる気になってしまったではないか」

もう一人の男も眉間《みけん》に皺《しわ》を寄せながらそう言うと、チッと舌打ちした。

「近衛騎士《このえきし》に平民などという下賤《げせん》な者は要《い》らぬというのに」

「身内とはいえ観覧者がいるなど、我らは見世物ではない！」

苛立《いらだ》ちをぶつけるように、ダンッという音を立てて拳《こぶし》をテーブルに打ち付ける。

隣《となり》の席にいた客が視線を向けるも、店内のあちらこちらで酔った客達が騒いでいるため、男の行動も酔った上でのことと思われたのか早々に視線を外された。

「トーナメント戦の相手は当日発表されると聞いているが、何とかしてその情報を先に手に入れることが出来ないものか……」

「それは難しいだろうな。何でも団長と副団長の二人だけで決めているらしい」

「クッ、対戦相手が分からなければ買収も出来ないじゃないか」

男達は忌々《いまいま》しげに顔を歪《ゆが》める。

自身の実力でどうにかしようという気概《きがい》はないようだ。

「もし万が一にでも初戦敗退や平民に負けたとなれば、我らは大恥《はじ》をかくことになる」

「それだけは何としても阻止《そし》しないと……。だが平民の中でも特にあいつは面倒《めんどう》だ」

「あいつ？　ああ、平民のくせして王太子妃《ひ》付きになったあいつか」

「まったく、平民の分際で大人しくしていればいいものを。あいつをどうにかして引きずり下ろせないものか……」

「試合中に怪我《けが》でもしてくれたら、さすがに王太子妃付きからは外されるだろうがな」

「怪我か……。いや、でも、どうやって？　腹立たしいが、あいつの腕《うで》はなかなかのものだ。簡単に傷を負わせることは出来ないぞ？」

いつの間にか相手の怪我を望む話から、いかに相手に傷を負わせるかについての話に変わっていく。

二人は酔った頭で真剣《しんけん》に考える。その真剣さを違《ちが》う面に活《い》かせと諭《さと》す者はこの場にいない。

「闇《やみ》ギルドに依頼《いらい》して、試合に出させないようにするか？」

「いや、そんな依頼を出せばあいつらに弱みを握《にぎ》られることになる。それをネタに強請《ゆす》られたり面倒なことを押し付けられたりするかもしれないから、ダメだ」

「試合前に飲み物か何かに毒を仕込んで弱らせる、とか？」

「それも難しいだろうな」

「何が難しいんだ？」

「まず毒の仕入れ先だ。もし毒の使用が露見《ろけん》した場合、仕入れ先から足がつく可能性がある。余程《よほど》口の堅《かた》い者でなければ安心して使うことも出来やしない。それに……」

「それに、何だ？」

「毒を手に入れたとして、我らが用意したものにあいつが口をつけると思うか？」

「ああ……、それはないだろうな」

常に平民だと見下した態度で接している自覚がある二人は、ケヴィンが素直《すなお》に口をつける姿が全く想像出来なかった。

「だろう？　あいつはああ見えて、人一倍警戒心《けいかいしん》が強い。口から摂取《せっしゅ》させることはまず不可能だと思った方がいい」

「……毒もダメとなると、後は武器に何か仕込むくらいしか思《おも》い浮《う》かばんのだが」

「仕込むって、一体何を？」

「変わり者の鍛冶屋《かじや》を知っているんだが、そいつは手先が器用で変わった武器なんかも作っているらしい。頼《たの》めば何か使えそうな武器を作ってくれるんじゃないかと思うんだが」

「悪くない話だと思うが、トーナメント戦までに間に合うのか？」

「それは……聞いてみなければ分からないな」

「ならば、明日にでもその鍛冶屋を訪ねてみるとしよう」

騎士道などどこへいったとばかりに卑怯《ひきょう》な手でトーナメント戦を勝《か》ち抜《ぬ》くことを考える二人の顔は、どこか醜《みにく》く歪んで見えた。

「これは近距離《きんきょり》から中距離用の吹《ふ》き矢《や》で、これは鉄扇《てっせん》。名前の通り親骨を鉄製にして扇子《せんす》の形を模してあるが開かないやつだ。これは指輪に突起《とっき》針がついたもので、こうして手の内側に向けて装着する。首や腕、足などをこれをつけた手で摑《つか》めば針が肉に食い込むってわけだ。針の長さや太さ、本数を変えることは可能だ」

鍛冶屋の髭面《ひげづら》の親父《おやじ》が自慢《じまん》げに武器の説明をしているが……。

「吹き矢と鉄扇は却下《きゃっか》だ」

「そうだな」

そもそもトーナメント戦で使用できる武器は、訓練場の武器庫内にあるもののみと決まっている。吹き矢や鉄扇など出した時点で負けが決定するだろう。

となると、選択肢《せんたくし》は最後に説明していた指輪のみということになるのだが……。

「これをつけていると両手で剣《けん》を握ることは出来ないわけか」

それに、普段《ふだん》指輪など身につけないのに、急にゴツイ指輪など装着していれば目立ってしまう。

「なるべく細目で目立たないものがいいのだが」

「細くて目立たないもの……。まあ、出来なくもないが」

出来るらしい。

実際トーナメント戦で使用するかどうかは分からないが、とりあえず頼んでおいてもいいだろう。

「ならばそれを予備を含《ふく》めて三つ頼もう。いつ頃《ごろ》出来る？」

「そうだな、三日あれば」

「じゃあ三日後に取りに来よう。代金はその時に支払《しはら》う。分かっていると思うが、この仕事のことは内密にな」

「ああ、分かっている」

鍛冶屋が頷《うなず》くと、男達は店を出ていった。

第3章　トーナメント戦の開催

「これより近衛騎士《このえきし》団長、副団長を選考するためのトーナメント戦を行う」

会場の中央に立つ近衛騎士団長が、大きな声でトーナメント戦の開始を告げた。

観覧席から期待を込《こ》めた大きな拍手《はくしゅ》の音が響《ひび》く。

訓練場はこの日のために若干《じゃっかん》の改装を行っており、左右の壁面《へきめん》部分を階段状にすることによって、座って場内を見ることが出来るようになっていた。

「どうにか間に合いましたのね」

裕福《ゆうふく》な商家の娘《むすめ》風ワンピースに身を包んだリリアーナは、急ピッチで進められた改装工事の出来に満足そうに微笑《ほほえ》む。

両隣《りょうどなり》にはこれまた同じようなワンピースを身に纏《まと》ったクロエとイザベラが腰《こし》を下ろし、トーナメント戦の行われる場内を見下ろしている。

ちなみにエリザベスは領地に戻《もど》っていることもあるが、トーナメント参加者の身内に該《がい》当《とう》しないため、ここにはいない。

会場を見渡《みわた》すと、審査《しんさ》員として特別席に座るウィリアムを向こうの方に見つけた。

するとウィリアムもリリアーナを見つけたようで、嬉《うれ》しそうに小さく手を振《ふ》っている。

リリアーナもそっと、小さく手を振り返した。

「トーナメント戦の間、リリ様の護衛は交代で行われますの？」

リリアーナの護衛としてすぐ側《そば》に控《ひか》えている、こちらも動きやすい平民服を着たティアとアンリの二人を見て、クロエが周囲に聞かれぬよう小声で疑問を口にする。

「今日の護衛はティアとアンリの二人がずっと務めてくれますの。彼女達は婚活中《こんかつ》のためトーナメント戦には不参加なのですわ」

実のところ、次期王妃《おうひ》の専属女性騎士頭に内定している二人は、トーナメント戦には出られないためここにいる。

が、そのことをクロエとイザベラに話すことは出来ないので、もう一つの理由を口にしたのだ。

クロエとイザベラはリリアーナの言葉に首を傾《かし》げた。

「婚活中ですと、トーナメント戦に参加は出来ないのですか？」

「いいえ、婚活中でも参加は可能ですわ。ですが、ティア達が言うには、男性には『女性騎士』よりも気が利《き》く『侍女《じじょ》』の方が受けがいいそうなの。ね？」

リリアーナが可愛《かわい》らしく首を傾げながらティアとアンリに同意を求め、それにティアが答えた。

「ええ。男性は自分よりも強い女性より、若くてか弱い女性を好みます。お見合い相手に送る釣書《つりが》きに、『騎士』と記載《きさい》するよりも『侍女』と書いた方が次に繋《つな》がりやすいのは確かですね」

今の国王陛下の世になってからは幾分《いくぶん》かマシになったが、残念ながら未《いま》だ男女の差別はなくなっていない。

「騎士であることに後悔《こうかい》はありません。とはいえ、それはそれ、これはこれです。婚活が成功するまでは『侍女』のイメージを前面に押し出したいと思いますので、訓練には参加しますがトーナメントには出場しないことに致《いた》しました。もしかしたら観覧者の中に『未来の旦那様《だんなさま》』に繋がる方がいる（バレる）かもしれませんでしょう？」

「ですが、もし結婚《けっこん》が決まった後で騎士であることを知られてしまったら、どうしますの？」

イザベラの問いに、ティアがニヤリと悪い笑《え》みを浮《う》かべる。

「結婚さえしてしまえばこっちのものですからね。私とアンリは『騎士』であり『侍女』でもある。嘘《うそ》は言っていません」

全く悪びれた様子もないティアに、リリアーナ達は一瞬《いっしゅん》キョトンとした顔をしつつもクスクスと笑いだした。

それと同時に対戦中だった騎士達の勝敗が決まり、大いに盛り上がる観覧席。

トーナメント戦は順調に続いているが、今のところリリアーナの目から見て信頼《しんらい》に値《あたい》するような騎士は、残念ながら出てきていない。

そして――。

「ほら、クー。次はあなたの『筋肉様』が出場されるようですわ」

リリアーナの言葉に、一瞬にしてクロエの目が場内へと出てきたダニエルに向けられる。

「嗚呼《ああ》、ダニエル様。捲《めく》った袖《そで》からチラリと見える前腕《ぜんわん》筋も素敵《すてき》ですわ！」

クロエのウットリとした瞳《ひとみ》にはダニエル（の筋肉）しか映っていないと思われる。

そのブレない筋肉愛に、リリアーナとイザベラは顔を見合わせると苦笑《くしょう》した。

「始め！」

合図と共に飛び出した対戦相手に怯《ひる》むことなく、ダニエルは落ち着いた様子で大上段からの袈裟《けさ》斬りを受け流す。

続いて下段からの斬《き》り上げを半歩後退して躱《かわ》すと、素早《すばや》く踏《ふ》み込んで相手の喉元《のどもと》に剣《けん》を突《つ》き付《つ》けた。

「それまで！」

「……参りました」

対戦相手が膝《ひざ》をつき、悔《くや》しさに溢《あふ》れた声で降参を告げた。

一方的なまでの実力差に、あっという間に試合が終わる。

途端《とたん》にワァッと沸《わ》く会場内。

ダニエルがクロエのいる方に向けて、白い歯を見せて笑った。

いつもの儚《はかな》げな雰囲気《ふんいき》のクロエとは別人のように喜びはしゃぐ姿に、リリアーナとイザベラも嬉しそうに微笑む。

リリアーナ達の新婚《しんこん》旅行中の執務《しつむ》に加え、今回のトーナメント戦やその後に予定している自身の結婚式の準備などで大忙《おおいそが》しのダニエルとクロエは、ゆっくり顔を合わせる時間もなかったと聞いている。

多忙《たぼう》中にもかかわらず、ダニエルからは数日と空けずに可愛らしい花を添《そ》えた手紙が届くのだと、頬《ほお》を朱《あか》く染めて恥《は》じらうクロエはとても幸せそうだ。

「あの……」

近くにいた大人しそうな令嬢《れいじょう》が、クロエにおずおずと声を掛《か》ける。

ダニエルに向けていた瞳を声の主へ向けると、意を決したように令嬢が話しだした。

「その、不躾《ぶしつけ》なことを申しますが、あのようなゴリゴ……コホン。えっと、しっかりとした筋肉をお持ちの方を、怖《こわ》いとは思われないのですか？」

ゴリゴリと言おうとして言い直したのだろう令嬢に、クロエは不思議そうに首を傾げた。

「怖い、ですか？　いいえ、一度たりともそのように思ったことはございませんわ。質問に質問を返して申し訳ありませんが、どうして怖いと思われるのか伺《うかが》っても？」

「……実は三カ月ほど前に婚約《こんやく》したばかりなのですが、そのお相手がゴリ……ではなくて、先程勝利された方ほどではないですが、しっかりとした筋肉をされていて。何と言えばよいのか……。側にいられると、圧迫感《あっぱく》？　威圧感《いあつ》？　があるといいますか……」

クロエの質問に令嬢が困ったように言い淀《い よど》むと、その隣《となり》にいた友人であろう令嬢もウンウンと頷《うなず》いている。きっと彼女も同じような状況《じょうきょう》下にあるのだろう。

貴族令嬢の間ではスラリ（〜細マッチョまで）とした美丈夫《びじょうふ》が好まれており、周囲を圧倒《あっとう》するような筋肉ムキムキの男性はあまり人気がないのだ。

「まあ、なんてもったいない！　筋肉の素晴《すば》らしさを理解されないでいるだなんて、人生の半分を損していると言えますわ！」

「筋肉の、素晴らしさ？」

「人生の半分を損……？」

呆然《ぼうぜん》としている令嬢達に向け、これ以上ないほどにいい笑みを浮かべたクロエのプレゼンが始まった。別名、筋肉の布教活動である。

「威圧感があると仰《おっしゃ》っていましたが、それはあなた方の筋肉に対する良くない先入観がそう感じさせているのですわ」

「『良くない先入観……』」

「筋肉は盾《たて》であり、鎧《よろい》なのです。あの逞《たくま》しい胸板《むないた》にすっぽりと抱き締《だ し》められたなら、安心感に満たされて、幸せな気持ちになりますのよ？」

「た、確かに、何ものからも護《まも》ってくれそうではある、かも？」

「頼《たよ》りがいがある、ということかしら？」

「ええ、ええ。そうですわ！」

クロエが満足そうに笑みを浮かべて何度も頷くその横で、イザベラは空気を読んで静かにその様子を見守っている。

リリアーナは視線を場内へ移し、騎士達のチェックを行う。

「想像してくださいませ。あなたの前には麗《うるわ》しい筋肉の殿方《とのがた》がいらっしゃいます」

両手を胸の前で握《にぎ》ってウットリと目を瞑《つぶ》るクロエに倣い、令嬢達も目を瞑って想像を始める。

「想像してくださいませ。足を痛めたあなたを軽々とお姫《ひめ》様抱っこしてくださる姿を」

「想像してくださいませ。一頭の馬に二人乗りで遠乗りに出掛《でか》けた時の、あなたのお腹《なか》の前に回された逞しい腕《うで》と、背中に感じる厚い胸板を」

目を瞑っていた令嬢二人の顔が、徐々《じょじょ》に朱く色付いていく。

「な、何だかとてもドキドキしてきました」

「わ、私も！」

「お二人の筋肉に対する誤解が解けて良かったですわ」

クロエは二人が筋肉の素晴らしさを受け入れ始めた様子に眩《まぶ》しい笑顔《えがお》を見せ、そんなクロエを初めて目にしたティアとアンリは遠い目をしている。

イザベラは苦笑しつつ、場内へと視線を戻した。

「あ、今出てこられたのが、私の婚約者ですわ」

令嬢の一人が少し戸惑《とまど》うように言った。

なるほど。ダニエルほどではないが、なかなかにゴリゴリしている。

「まあ、素敵な筋肉様ではないですか！」

「そ、そうでしょうか？」

クロエに婚約者を褒《ほ》められて（？）、令嬢が恥ずかしそうに朱く染まる頬に手を当てた。

令嬢の婚約者の対戦相手は、彼とは真逆の小柄《こがら》で華奢《きやしや》な少年のような体軀《たいく》の騎士で、長い前髪《まえがみ》で顔はよく見えないが、口元だけ見ればなかなか整っていそうに見える。

まるで大人と子どものような体格差があるが、小柄な騎士はスピードを活《い》かして次々と攻撃《こうげき》を仕掛《しか》けていく。

婚約者の騎士はそんな小柄な騎士に多少手こずりながらも何とか勝利し、令嬢の顔にはこの場に来た時には見られなかった自然な笑みが浮かんでいた。

「不思議。……先程まではあんなに彼のことを怖いと思っていたのに、今は誰《だれ》よりも素敵に見えます」

「うふふ、筋肉は正義ですわ。毎日の鍛錬《たんれん》を怠《おこた》ってしまえば、あの素晴らしい筋肉を維《い》持《じ》することは出来ませんのよ？　それはすなわち、真面目にコツコツ頑張《がんば》れる方ということですわ」

リリアーナはクロエと令嬢が楽しそうに会話している姿を微笑ましく見守りながらも、敗北した小柄な騎士のことが何となく気になったため、心の中でチェックを入れておく。

「リリ様、ギル様が出てきましたわ！」

令嬢の婚約者達と入《い》れ替《か》わるように、次の試合を行うギルバートと対戦相手の騎士が場内へ歩み出た。

頬をほんのりと朱く染めてギルバートへ一生懸命《いっしょうけんめい》嬉しそうに手を振るイザベラは、同性の目から見てもとんでもなく可愛らしい。

それを目にした対戦相手の騎士は、若く美しい嫁《よめ》を持つギルバートに嫉妬《しっと》の炎《ほのお》を燃やし、

「嫁の前で無様に負けろ！」

という怨嗟《えんさ》の声を上げる。

リリアーナはそんな騎士の姿に『この騎士を選ぶことはないですわね』と呆《あき》れたように嘆息《たんそく》した。

ここまでに出てきた騎士の中でリリアーナがチェックを入れたのは、小柄な騎士一人である。

チェックの基準をもう少し甘くした方がいいのかと悩《なや》みながらも、真剣《しんけん》に場内を見つめるイザベラの様子に、今は自身も試合に集中することにした。

ザヴァンニ王国一の諜報《ちょうほう》能力を持つギルバートは今まで表に出ることがなかったため、騎士団内でも彼の顔を知る者は少ない。

ほとんどの者の目には、三十代前半くらいの何の特徴《とくちょう》もない極々普通《ごくごくふつう》の騎士として映っていることだろう。簡単に勝てる相手だと。

ギルバートは「ハァ」と小さく息を吐《は》き出《だ》すと、真顔になり殺気を纏う。

「見た目で侮《あなど》ると痛い目を見ると教わりませんでしたか？」

……後に彼の優秀《ゆうしゅう》な部下であるレオンとジルはこの時の上司《ギルバート》を、

「全く、殺気駄々《だだ》洩《も》れでめちゃくちゃ本気だったじゃないですか」

と半ば呆れたように見ていたとかいなかったとか。

ギルバートが対戦相手の怯んだ隙《すき》をついて後ろに回り込み、首筋に剣を当てる。

「そこまで！」

ギルバートのあっという間の勝利に、イザベラがまるで幼い子どものように手を叩《たた》いて喜びを露《あら》わにしている。ギルバートも先程までの殺気は見事に霧散《むさん》し、イザベラに向ける視線はとても優《やさ》しい。

「ギルバート様があんな顔をするのは、ベラ様の前でだけですわね」

「まあ、リリ様ったら」

イザベラが恥ずかしそうに、けれども嬉しそうにはにかんだ笑みを浮かべる。

ギルバートをひと言で表すならば『無関心』と言われるほどに、彼は他人に対して関心を持つことなどなかった。

そんな彼がイザベラをズブズブに甘やかしたいというのだから、彼をよく知る者達は頭でも打ったに違《ちが》いないと言い合《あ》い、ギルバートによって鉄拳《てっけん》制裁を受けたらしい。

無関心な彼と愛情に飢えた彼女の出会いは運命であり、必然だったのかもしれない。

ギルバート達が場内を後にすると、次の試合を行う騎士二人が場内に出て、向かい合うように立ち止まる。

かたや細マッチョな騎士、かたや細長いという表現がピッタリな長身だが騎士らしくない体型の騎士。

「何というか、その、随分《ずいぶん》とひょろ長い方ですわね」

思わずといった風にリリアーナの心の声が口から漏《も》れると、クロエとイザベラが「ええ、本当に」と頷いた。

少し長めの前髪からうっすらと覗《のぞ》いて見える下がり眉《まゆ》と糸目が、更《さら》にひょろ長い騎士を軟弱《なんじゃく》そうに見せている。あっという間に細マッチョの勝利で終わってしまうのだろうと、その場の誰もが思っていた。

ところが剣を構えた瞬間《しゅんかん》、ひょろ長い騎士はまるで別人かのようにその表情を一変させる。

自信なさげだった糸目がわずかに開かれ、その眼光はとても鋭《するど》い。刃物《はもの》に喩《たと》えるならば刺突《しとつ》に特化した、限りなく細く鋭く尖《とが》らせたレイピアのよう。

そしてひょろ長い騎士は瞬く間《またたくま》に細マッチョな騎士をねじ伏《ふ》せた。

「「え？」」

何か不思議なものを見せられたように呆《ほう》けるリリアーナ達と他の観客達。

シーンと水を打ったように静まり返る場内に次の瞬間、割れんばかりの歓声《かんせい》が響き渡《わた》る。

「これは……何とも意外な結果になりましたわね」

リリアーナがひょろ長い騎士から目を離《はな》さずに零《こぼ》すと、クロエとイザベラもまた視線を逸《そ》らすことなく小さく頷いてみせた。

ひょろ長い騎士はヘラッとした笑みを浮かべ、ねじ伏せた細マッチョな騎士へ手を差《さ》し伸《の》べる。細マッチョな騎士は何とも言えぬ顔をして、その手を摑《つか》んで立ち上がった。

二人は二言三言言葉を交《か》わし、次の試合の騎士達と入れ替わるようにその場を後にした。

意外な結果ではあったが、それ以外には特に何かあったわけではない。

けれども何となくではあるが、リリアーナはひょろ長い騎士にチェックを入れることにした。

ここまでにリリアーナがチェックした騎士は、小柄な騎士とひょろ長い騎士の二人のみ。何とも両極端《きょくたん》な感じだが、共通点はどちらも前髪で顔を隠《かく》しているところだろうか。

時を同じくして、出場者が集まる控室《ひかえしつ》では何やら揉《も》め事《ごと》が起きていた。


発端《ほったん》はトーナメント戦で負けた伯爵《はくしゃく》子息の騎士が、勝った男爵《だんしゃく》子息の騎士に言いがかりをつけたことであった。

男爵子息は腹立たしく思いながらも相手が相手なだけに、口調に気を付けながら反論した。

「私は不正などしていませんし、正々堂々と勝負させて頂きました」

だがそれは、伯爵子息の癇《かん》に障《さわ》ってしまったらしい。いや、自身が負けたことが許せず不当に当たり散らしているだけなのだろう。

「そんなはずはない。お前が何かしなければ私に勝てるはずがない！」

理不尽《りふじん》極《きわ》まりない言葉に多くの者が気分悪そうに顔を顰《しか》める中、平民出の騎士が呆れたように呟《つぶや》いた言葉が、運悪くその伯爵子息の耳に届いてしまったようである。

「まともに訓練もしないくせによく言うよ」

それはここにいる低位貴族子息や平民出の騎士達皆《みな》が思っていることであったが、伯爵子息は激昂《げきこう》して剣を抜《ぬ》いてしまった。

これ以上は私闘《しとう》を禁止している騎士団の規定に違反《いはん》する行為《こうい》になると、それまで傍観《ぼうかん》していた高位貴族子息の騎士達が慌《あわ》てて立ち上がる。

「おい、やめろ」

「今ならなかったことに出来る」

もみ消す気満々な台詞《せりふ》だが、それについて何か言える者はここにいない。

しかし頭に血が上っている伯爵子息の耳には届かなかったのか、そのまま平民出の騎士に剣を振りかぶった。

けれども平民出の騎士が軽く避《よ》けたことが更に伯爵子息の怒《いか》りの火に油を注ぐ。

「平民風情《ふぜい》が逃《に》げるな！」

剣を振り回す伯爵子息から尚《なお》も逃げ回る平民出の騎士。

逃げなければ怪我《けが》してしまうのだから当然だろう。

そんな修羅場《しゅらば》とも言えるのかもしれない控室に、ヒョイッと現れたのはケヴィンだった。

「何これ？」

来て早々の面倒《めんどう》な状況に頭を抱《かか》えたくなる。

「とりあえずウィリアム殿下《でんか》かダニエルを呼んでこい！」

近くにいた騎士にそう言って、ケヴィンは伯爵子息を止めるために動こうとして……。

トーナメント戦に参加する騎士以外は入室禁止のはずの控室に、なぜか入室しているどこかの高位貴族子息が連れてきたのだろう使用人が、恐怖《きょうふ》で動けなくなっていることに気付く。

しかも運の悪いことに、使用人がいることに気付いていない平民出の騎士が、そちらの方向に逃げているのだ。

「チッ」

ケヴィンは舌打ちすると同時に駆《か》け出した。

平民出の騎士ならば剣を躱すことは出来るだろうが、剣を握ったこともなさそうな使用人では大怪我に繋がってしまう。

本来であれば入室不可の使用人を連れてきた高位貴族子息がどうにかするべきことであるのに、何で俺が……。

そう思いながらも放っておけない。そんな性分《しょうぶん》の自分に呆れながらも、もう仕方ないと諦《あきら》めたのはいつだったか。

思った通りに平民出の騎士は剣を避け、そして勢いに乗った剣はそのまま使用人に――。

誰もがそう思ったところで、ケヴィンが使用人の首根っこを摑んで後ろに引き倒《たお》し、すんでのところで回避《かいひ》することが出来た。

そこで伯爵子息はハッとして、慌てて剣から手を離した。

カラン……と床《ゆか》に投げ出された剣が音を立てる。

ケヴィンは鋭い視線を控室内にいる騎士達に這《は》わせる。

「これだけの騎士がいながら、なんで止められないかねぇ？　それに、参加騎士以外入室禁止の控室に、なぜ使用人がいるのか、誰か分かるように説明してくんねぇ？」

皆気まずそうに視線を逸らした。自分以外の誰かが説明してくれることに期待しているのだろう。

そんな空気の中、控室にウィリアムとダニエルが慌てて飛び込んできた。

「これは一体、どういうことだ？」

ケヴィン以上に低く冷たい声に、その場にいる騎士達が震《ふる》え上がる。

誰も口を開かないことに苛立《いらだ》ちを隠さないウィリアムが、ケヴィンに問うてきた。

「ケヴィン、お前はこの状況を説明出来るか？」

「いや、俺がここに来た時にはもうそこの奴《やつ》が剣を振り回してそいつのことを追《お》いかけてたんで、どういういきさつかはそいつらに聞いてくれ。あと、何でか入室禁止のはずの控室《ここ》にいた使用人は、そっちで勝手に調べといて」

ケヴィンはそう答えてから、控室を出る。その後をダニエルが追いかけてきた。

「おい」

肩《かた》を摑まれ、ケヴィンは仕方なく立ち止まる。

「……何だよ」

「ソレ、大丈夫《だいじょうぶ》なのか？」

ダニエルがケヴィンの右足首に視線を向けた。

「あ〜あ、やっぱりバレてたか」

「バレてたか、じゃねぇだろ⁉　痛めたんだろ？　トーナメント戦は大丈夫なのか？」

「ん〜、まあ何とかなるんじゃね？」

「お前なぁ」

ダニエルが呆れたように小さな溜息《ためいき》をつく。

「試合前に一応医務室で診《み》てもらえよ」

「ん〜、次が俺の番だから無理だろ」

「なら、試合が終わったら絶対に診てもらえよ！　分かったな⁉」

「はいはい、分かったよ。あんた本当にオカン属性だよな」

「うるせぇ！　サッサと行ってこい！」

「へいへい、行ってきますよ」

ケヴィンは後ろ手に手を振りトーナメント戦の会場となる訓練場へ向かった。

途中《とちゅう》、通路で珍《めずら》しく困った様子のモリーを見つける。

「よう、こんなところで何してるんだ？」

「あら、ケヴィン。リリアーナ様から頼《たの》まれてウィリアム殿下と団長に差し入れをお持ちしたのだけど、殿下がどこにもいらっしゃらなくて」

「あ～、殿下なら控室でちょっとした問題が起きて対応してるぞ。多分もうしばらく掛かるだろうから、団長に押し付けときゃいい」

「押し付けって……。仕方ないから預けてくるわ。教えてくれてありがとう。あなたはこれから試合なの？」

「ああ、相手は高位貴族のご子息様だってよ。面倒くせぇ」

「あなたね……。まあいいわ。リリアーナ様の護衛が無様に負けるなんてことがないようにね」

「そこは可愛らしく『頑張って』とか言うところじゃね？」

「可愛くなくて悪かったわね。そういうのは私以外の女性にお願いしてちょうだい」

相変わらず愛想《あいそ》のない顔でそう言うと、モリーはスタスタと歩いていってしまった。

モリーは媚《こ》びてしなだれ掛かってくることもなく気兼《きが》ねなく言い合える、ケヴィンにとって心地《ここち》よい距離《きょり》間を持った『数少ない女性の知り合い』である。

もちろんその数少ない女性の知り合いの中には、リリアーナも入っているのだけれど。

何となく右足首の痛みが強くなってきている気がして、

「ダニエル《カン》の言う通り、サクッと終わらせて診てもらうかね」

ケヴィンは独り言ちると今度こそ訓練場に向かった。


「おい、プラン変更《へんこう》だ。あいつは先程の乱闘《らんとう》で使用人を庇《かば》った際、右足首を痛めたようだ。向かって左側を集中的に狙《ねら》え」

「ああ、分かっている。それにしても、思いがけず伯爵子息《あいつ》がいい仕事をしてくれたな」

「本当にな」

二人はチラリと前方を歩くケヴィンに視線を向けながら、ニヤリと嗤《わら》った。

彼らはとある酒場で悪だくみしていた二人組であり、うち一人がこれから始まるケヴィンとの対戦相手であった。


「始め」の声と同時に激しい打ち合いが始まった。

やけに右側ばかりを攻撃してくる騎士に、ケヴィンは相手が足首を痛めたことを知っているのだと確信する。

「チッ、面倒だな」

思わず呟く。

ほんのわずかではあるが、自身の動きが精彩《せいさい》を欠いているのが分かる。

時間を掛ければ掛けるほど不利になるだろうという焦《あせ》りが、一瞬の判断の遅《おく》れをとってしまった。

ガキンッ！

ケヴィンの剣が手から離れる。

――しまった！

これでケヴィンの負けが決まったはずだった。

「グゥッッッ」

だが更に一手を繰《く》り出した騎士の剣は、ケヴィンの腕の腱《けん》を断裂《だんれつ》した。

故意に怪我を負わせたのだ。

観客席のあちこちから悲鳴が上がる。

「ケヴィン！　ケヴィン……！」

観客席で見ていたリリアーナは、青ざめた顔でケヴィンの名を叫《さけ》んでいる。

ケヴィンはすぐに医務室へと運ばれ、トーナメント戦は一時中止となり、続きは先送りされることとなった。

このトーナメント戦では戦術や強さを見るのはもちろん、卑怯《ひきょう》な手を使ったり人を陥《おとしい》れたりするような騎士道精神に反した者がいないかをチェックする目的もあった。

昇格《しょうかく》を狙うがためにトーナメント戦を勝ち抜くことにこだわり、故意に相手を怪我させようとしたことは許されることではない。

なぜこのようなことが起こったのか調査を行い、問題を起こした複数の騎士達にはきつい処分が待っているだろう。

今回のことで高位貴族による権力のゴリ押しで入隊しようとする者を排除《はいじょ》しやすい環《かん》境《きょう》を作ることが出来るようになるだろうが、だからといってこのような結果を望んでいたわけではない。

この何とも言えない結果は皆の心に暗い影《かげ》を落とした。

第4章　苦悶のケヴィンとモリーの苦悩

「切れた腱《けん》を繋《つな》げることには成功しましたが、リハビリを続けても騎士《きし》として復帰するには相当の努力が必要かと……」

医師の見解にケヴィンは俯《うつむ》き、黙《だま》り込む。

その場にいたウィリアム、リリアーナ、ダニエル、モリーの四人も、あまりのショックに誰《だれ》も声を発することが出来ずにいた。

どれくらいそうしていたのか、ケヴィンの掠《かす》れて少しだけ震《ふる》える声で、皆《みな》の鼓膜《こまく》が揺《ゆ》すられる。

「……悪いが、今は一人にしてくれ」

ケヴィンの意を汲《く》んで、四人は医師を連れてそっと部屋の外に出た。

扉《とびら》が閉じる瞬間《しゅんかん》、リリアーナはケヴィンの底知れぬ絶望による悲痛な叫《さけ》び声《ごえ》が聞こえたような、気がした。

だがどんなに耳を澄《す》ませても扉の向こう側からは物音一つ聞こえてくることはない。

「そっとしておいてやろう」

ウィリアムの言葉に、皆静かに頷《うなず》くことしか出来なかった。

「モリー？」

リリアーナに名を呼ばれたモリーが慌《あわ》てて顔を上げる。

仕事中にぼんやりするなど普段《ふだん》のモリーでは考えられないことだが、きっとケヴィンのことを気にしているのだろう。

あれから二日が経《た》った。

ケヴィンは治療《ちりょう》後、病室で静養中だが、彼の気持ちを考慮《こうりょ》してまだ面会は控《ひか》えている。

その間、ウィリアム達は現場検証や聞き取りを行っており、近衛《このえ》騎士団では張《は》り詰《つ》めた空気が続いていた。

リリアーナ達も、どこか暗い雰囲気《ふんいき》が漂《ただよ》ったままだ。

「モリー、無理しているのではなくて？」

「……大丈夫《だいじょうぶ》です。ご心配をお掛《か》けして、申し訳ありません」

硬《かた》い表情でそう答えるモリーに、リリアーナは何と返せばよいのか分からず口を噤《つぐ》む。

生まれた時から姉妹《しまい》のように育ち、ずっと側《そば》で支え、誰よりもリリアーナの気持ちを理解してくれたモリー。

そんなモリーの気持ちを、リリアーナも理解しているつもりだ。

口にせずとも、モリーがケヴィンを憎《にく》からず思っていることに気付いていた。

「モリー、少し休んだ方がいいわ」

「いいえ、大丈夫です。申し訳ありません」

頑《かたく》なに休もうとしないモリーにリリアーナは少し考えて、

「では、あなたに頼《たの》みたいことがあるの」

と言った。

モリーは先程から病室の扉の前でウロウロと、何とも怪《あや》しい動きをしていた。

扉に手を伸《の》ばしては下ろし、伸ばしては下ろしを繰《く》り返《かえ》す。

なぜなら、その扉の先には怪我《けが》を負ったケヴィンがいるから。

リリアーナに言われた頼みたいこととは、ケヴィンの看病とその報告であった。

そろそろ面会しても良いのではないかというのと、独りにしたままではケヴィンが悪い方向に考えてしまうかもしれないと心配したためだ。

モリーがケヴィンに会うのは、彼が医師からの宣告を受けた日以来である。

あの時一瞬《いっしゅん》だけ見えた、絶望という言葉一つで表現するには生温《なまぬる》い、深い闇《やみ》に魂《たましい》を取り込まれたかのようなケヴィンの表情を、モリーは忘れることが出来ずにいた。

いつもヘラヘラして、服装にも女性にもだらしなくて、でもいざとなると誰よりも面倒《めんどう》見《み》が良くて頼《たよ》りになる人。

そこに『誰よりも気になる人』が追加されたのは、いつからだったか。

リリアーナ専属の護衛騎士と専属の侍女《じじょ》という仕事柄《がら》、他のどの女性よりも長い時間顔を合わせてきた。

けれど、自分は彼の人となりを知ったつもりでその実何も知らないのだと、あの表情を見て思い知ったのだ。彼にとって、所詮《しょせん》自分は同じ主人に仕える者というだけ。

思わぬところで彼の優《やさ》しさに触《ふ》れて、つい『もしかしたら』なんて淡《あわ》い期待を持ってしまった。

彼が自分のことをただの仕事仲間としか見ていないことくらい、分かり切っていたのに。

「――本当に、バカよね」

自嘲《じちょう》気味に笑う。

この想《おも》いには蓋《ふた》をして、今後も彼にとって良い仕事仲間でいられるよう、頑張《がんば》っていくだけだ。

モリーは己《おのれ》の両頬《りょうほお》をバシッと手で叩《たた》くと、意を決して扉をノックした。

「失礼します」

努めていつもと変わらぬように声を掛けた、つもりである。少しだけ声が上擦《うわず》ったように感じたのは、きっと気のせいだ。

医師はたまたま席を外しているのか、中にはベッドのへりに腰掛《こしか》けたケヴィンが一人。腕《うで》だけでなく右足首にも包帯が巻かれており、その痛々しい様子を見てモリーが胸を詰まらせるも、

「よう」

なんて、ケヴィンは何でもないように片方の手を上げた。

拍子抜《ひょうしぬ》けしたというか、何というか。

でも、あの表情を見た後だから分かる。

どれだけ大きなものを抱《かか》えていて、ひた隠《かく》しにしてきたのか。

それが何なのかは分からないし、教えてくれることはないだろうけれど。

ケヴィンが望むなら、モリーは気付かなかったことにするだけだ。

「元気そうで良かったわ。痛みはどう？」

「ん～、まあ無理に動かそうとすると、まだな」

「あら、無理に動かすと炎症《えんしょう》が長引いて、症状《しょうじょう》が悪化することがあるそうよ。痛いのが好きだというのなら何も言わないけど、そうでないなら少しの間無理しないことをお勧《すす》めするわ」

「痛いのが好きって……。あんたは俺を何だと思ってるんだ？　俺は変態じゃねぇからな」

「それは何よりだわ。足首の方はどうなの？」

「いや～、こっちも二、三週間は安静にするようにだとさ」

「……そう」

「で？」

「？」

いきなり「で？」と言われても意味の分からないモリーは首を傾《かし》げる。

「いや、何か用があったから来たんじゃないのか？」

「ええ、リリアーナ様からあなたのお世話をするように頼まれたの」

「はい？　いや、要《い》らねえだろ。自分の世話くらい自分で……」

「出来ないこともあるでしょう？」

モリーがニッコリ笑ってそう言えば、ケヴィンは言葉に詰まったように口を噤む。

「リリアーナ様は心配性なところがあるから、私があなたのお世話をすることで安心しているのよ。だから、リリアーナ様のためにも大人しく私にお世話をされてちょうだい」

「どんな理屈《りくつ》だよ」

呆《あき》れながらもどうやら納得《なっとく》してくれた？　……ということにしておこう。

『拒絶《きょぜつ》されるのでは』と少しだけ考えていたため、ケヴィンに見えないようにモリーはホッと胸を撫《な》で下《お》ろした。

医師が部屋に戻《もど》ってきたので、今後の予定などを確認《かくにん》してみる。

基本的に三週間は動かないように腕を固定し、その後リハビリを半年ほど続けなければならないそうである。

症例《しょうれい》によっては一年ほど経過観察が必要な場合があるとのこと。

……それだけ頑張って、普通《ふつう》に生活する分には支障ないレベルになったとしても、元通りに動かすことが出来るという絶対的な保証はないのだ。

ましてや騎士を続けられるかどうかも——。

当面はリリアーナの護衛をティアとアンリの二人がメインで行い、ケヴィンは治療に専念することとなる。

(この人が、リリアーナ様《あの》の護衛《場所》に戻れないなんてことは……)

一瞬頭に浮《う》かんだそんな考えを振《ふ》り払《はら》うように首を振り、とにかく今は自分が出来ることに集中しようと、モリーは深呼吸した。

肉体的にも精神的にも、辛《つら》いのは自分ではなくケヴィンなのだ。

医師は腕の包帯を巻き直してから、病室を出ていく。

二人っきりになると、部屋は沈黙《ちんもく》に包まれた。

どのように声を掛けるべきか考えていると、ケヴィンの小さな声が聞こえた。

「……ホントに、どこまでも運に見放されてんだな～、俺って」

ハハッと笑うも、いつものケヴィンとは違《ちが》う口角だけが上がったような無理やり作っているだろうそれに、モリーの胸がツキンと痛む。

「そんな言い方、いつものあなたらしくな……」

「俺らしいって、何？　あんたが俺の何を知っているって？　何も知らないくせに、知ったら避《さ》けていくくせに、適当なこと、言わないでくれよ……」

モリーの言葉を遮《さえぎ》り、力なく床《ゆか》に向けられたケヴィンの視線が、モリーだけでなく全てを拒絶しているようで。

消え入りそうな声量なのに、まるで心からの叫び声を上げているような、あまりにも悲しくて切ない声……。

モリーは泣きたくなるのを、奥歯《おくば》をグッと噛《か》んで我慢《がまん》した。

泣くべきは私じゃない！　と。

病室内はシンと静まり返り、どこかで鳥の囀《さえず》る声が聞こえてくる。

モリーは大きく深呼吸してケヴィンの目の前に進み出ると、しゃがんで彼の両手を自らの手で包み込み、しっかりと目を合わせて口を開いた。

「なら、教えて？　あなたのこと。確かに私は、あなたの極々《ごくごく》一部しか知らないわ。だから、教えてちょうだい。あなたがこれまでどう生きてきたのか、何をどう思っているのか、全部、全部私に」

ケヴィンが戸惑《とまど》いを見せて、包み込まれた手を引《ひ》き抜《ぬ》こうとしたため、モリーはガッチリと摑《つか》む。——この手は絶対に離《はな》さないとでもいうように。

ケヴィンにもそれが伝わったのか、諦《あきら》めたように息を吐《は》いた。

「……物好きだな」

「よく言われるわ」

「……楽しい話じゃねぇよ?」

「構わないわ」

「……軽蔑《けいべつ》、するかもしれない」

「覚悟《かくご》しとく」

「……」

決して引かないモリーを前に、頭の中を整理しているのか、ケヴィンは少し考えるようにしてからポツリポツリと話しだす。

「俺はさ、某男爵家《ぼうだんしゃくけ》の子どもでさ」

平民だとばかり思っていたケヴィンが、低位とはいえ貴族子息であったことにモリーは驚《おどろ》きを隠せない。

「といっても、愛人の子だけどな？　正妻との間に子どもが生まれず跡取《あとと》りが必要ってんで、母親からかっさらうようにして俺を屋敷《やしき》に連れていったくせにさ。その後すぐに正妻に子どもが出来て、俺の存在が邪魔《じゃま》になったんだ」

ありがちな話だよな、とケヴィンが自嘲気味に笑う。

「けど嫡男《ちゃくなん》として届け出ちまってるから、父親としてはメンツのために今更《いまさら》放り出すわけにもいかない。かといって、正妻の方も自分以外の女が産んだ子どもを愛せるはずがない。子どもを始末するのは寝覚《ねざ》めが悪い。それなら、と正妻は俺の存在をないものとして振る舞《ま》い始めたんだ」

……そこから先は、聞かなくてもモリーにも分かった。

女主人が存在を認めない子どもを、使用人達が認めるはずもない。

ケヴィンは屋敷の中でずっと、いないものとして扱《あつか》われてきたのだと――。

「父親からも無視されて、生きるために最低限の世話とも言えないようなものを受けて数年、とうとう俺は男爵家から逃《に》げ出した。母親と暮らした家に辿《たど》り着《つ》いた時には、すでに空き家になってたよ。慌ててその辺にいる大人をつかまえて聞いてみても、どこに行ったのか分からないとさ。……俺が頼れるのは母親だけだったのに、その母親も行方《ゆくえ》知れず。男爵家に戻ろうにも、俺が出ていったのを諸手《もろて》を挙げて喜ぶことはしても、再度受け入れることは絶対にないと分かっていた。途方《とほう》に暮れて空き家の前に座り込んでいた俺を、近所の人が見兼《みか》ねて孤児院《こじいん》へ連れていって、そこで出会ったのが騎士団上がりのじいさんだったんだ」

「騎士団上がりの……？」

「ああ。時々孤児院にお菓子《かし》を届けに来ていたじいさんが、俺に剣《けん》を教えてくれた。俺には剣の才能があるって、騎士として生きる道があるって言ってくれたんだ」

辛い中にあって初めて自分を認めてくれたその人を思い出しているのか、ケヴィンの表情が少しだけ柔《やわ》らかいものに変わる。

「それからの俺は、必死に剣を振り続けた。男爵家と縁《えん》を切って平民のケヴィンとして生きることは、簡単じゃなかった。あんな家でも、雨風凌《しの》げるだけマシだったんだって、現実を知って。……生きるために出来ることは、何でもやった。幸いにも（？）女性ウケする容姿だったお陰《かげ》で、それなりの生活は送れるようになって、騎士にもなれた。……利用出来るものは何でも利用した。……物でも、人でも。な？　引くだろう？」

そう言って笑うケヴィンが、モリーにはまるで泣いているように見えた。

軽口を叩きながらも何だかんだと世話焼きで、時には的を射た指摘《してき》をくれる、案外根が真面目なケヴィンはそうやって形成されてきたのか。

そのように思いはしても、モリーの中から彼に引いたり軽蔑したりするような気持ちは微塵《みじん》も湧《わ》いてこない。

「バカね、それくらいで引いたりしないわよ。もっと酷《ひど》いことを言われるのかと思って身構えちゃったじゃない」

「はい？」

ケヴィンが鳩《はと》が豆鉄砲《まめでっぽう》を喰《く》らったような顔をしている。

「……俺が騎士になったことを一番喜んでくれたのは、じいさんなんだ。じいさんがいなかったら、俺は今も路頭に迷っていたかもしれない」

「恩人なのね、そのおじいさまが」

「ああ。……なのに、騎士を続けられなくなっちまうかもしれないなんて……」

苦しげに吐き出すケヴィンの背中を、モリーはバシッと叩いた。

「しっかりしなさいよ！　逆でしょう？　恩を返すためにも、この先まともに生きていくためにも、あなたにとって騎士という仕事は絶対に手放せないでしょう？　それに……」

「それに？」

「あ、あなたには騎士が合っていると思うわ。リリアーナ様の護衛も続けてもらわないと困るのよ！」

やや頬《ほお》を朱《あか》くしつつ、モリーはツンとしながら言った。

たとえどんなことがあっても、自分だけはこの人の味方でいよう。

話を聞いて、そう決めた。

絶対に事件は解決させるし、ケヴィンが騎士に復帰出来るように全力を尽《つ》くす。もしダメだったとしても、今まで彼に助けてもらってきた分、支えて返していきたいと、モリーは思った。

「リハビリ前の三週間と、リハビリを開始してからもキッチリお世話させてもらいますからね。大船に乗ったつもりでいてちょうだい」

「いやいや、あんた、船酔《ふなよ》いするだろうが」

「それはっ、ただの喩《たと》えじゃない、もう」

不満げにそっぽを向くモリーに、ケヴィンはホッとしたように小さな笑《え》みを浮かべて、「じゃあ、よろしく頼むよ」と言った。

「ええ、任せて」

モリーはドンと自身の胸を叩いてみせた。

「二、三週間の安静……」

思った以上の怪我の具合に、リリアーナが肩《かた》を落とす。

「ええ。腕の怪我もですが、足の捻挫《ねんざ》も同様に二、三週間は安静にとのことですので、病室から宿舎に戻れるのはその後になるかと」

「そう……。リハビリは宿舎に戻ってからになるということなのかしら？」

「そうですね。しばらくは毎日診療室《しんりょうしつ》へ通ってリハビリを行い、慣れてきたら自身でリハビリしつつ、数日ごとに診療室でチェックを行うようです」

「ケヴィンの様子はどうかしら？　少しでも前向きな気持ちは出てきているのかしら？」

心配で仕方がないといった様子のリリアーナを目にし、『ここにもあなたのことをこんなに心配してくれる方がいるじゃない』とモリーは思う。

「ケヴィンには、私が支えるので大船に乗ったつもりで頼ってちょうだいと言っておきました」

「まあ……」

リリアーナはこれ以上ないほどに大きく目を見開いた後、クスクスと笑いだした。

「それは何より安心ね」

「だと良いのですが……」

「？　どうしたの？　他に何か心配事でも？」

「いえ、心配事というか……。この件をうやむやにされてケヴィンが貧乏《びんぼう》クジを引いたような状態で終わるのは納得出来ないといいますか……」

リリアーナは同意とばかりに首を大きく縦に振って言った。

「ウィルならば、今回の事件の真相を調べて、しかるべき罰《ばつ》を下してくださいますわ！」

「そうですよね。ウィリアム殿下《でんか》であればきっと……」

「ケヴィンの今後の進退についても、検討してくれるでしょう。ケヴィンだけが苦汁《くじゅう》を飲まされるようなことには決して致《いた》しません。私も全力でケヴィンの立場を守りますわ！」

「リリアーナ様……。あ、ありがとうございます」

全力でケヴィンを支えていくと決めたモリーであったが、心強い味方が増えたことで気が緩《ゆる》んだのか、ポロリと涙《なみだ》が零《こぼ》れ落《お》ちる。

「あ、あら？」

リリアーナは立ち上がり、慌てるモリーをふわりと抱《だ》き締《し》めた。

「皆でケヴィンを支えていきましょう。困ったことがあればいつでも頼ってくれていいの」

「リリアーナ様……！」

「ふふ、いつもと逆ですわね。……ずっと支えてきてくれてありがとう、モリー。あなたに何かあった時には、私にも支えさせてくださいませね？」

何か言おうと口を開けるも、モリーの口から漏《も》れるのは言葉にならない嗚咽《おえつ》のみで。

自分はこの方を信じてついてきて本当に良かったと、心からそう思うのと同時に、ケヴインの居場所が守られることに安堵《あんど》の息を漏らすのだった。


「こうしてリリーを膝《ひざ》に乗せてゆっくりするのも、何だか久しぶりな気がするな」

ウィリアムが膝上のリリアーナをギュッと抱き寄せた。

落ち着いて二人で話したいからと、護衛兼《けん》侍女のティアとアンリには、ペットの毛玉を連れて部屋を出てもらっている。

「……色々とありましたものね」

「ああ、そうだな」

近衛騎士団長と副団長を決めるためのトーナメント戦で起こった、いくつかのトラブルに対する調査結果が先日報告された。

それにより控室《ひかえしつ》で剣を抜いた伯爵《はくしゃく》子息の騎士、参加騎士以外入室禁止の控室に使用人を連れ込んでいた騎士、卑怯《ひきょう》な手で故意にケヴィンに怪我を負わせた騎士とその仲間の騎士には退団処分が下された。

中でもケヴィンに怪我を負わせた騎士達に至っては、違法《いほう》な武器を持ち込んでいたことも発覚したのだ。

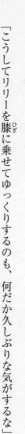

それは指輪に突起針《とっき》がついたもので、首や腕、足などをこれをつけた手で摑めば針が肉に食い込むようになっている。

トーナメント戦の際に使用予定だったものの、ケヴィンの怪我を聞いて作戦変更《へんこう》したらしい。こんなものが使われなくて本当に良かった。

当然没収《ぼっしゅう》の上、誰も使用しないよう丁重《ていちょう》に処分済みだ。

そして伯爵子息の騎士を煽《あお》るような言葉を発し控室内を逃げ回った騎士と、そうなるまで傍観《ぼうかん》して止めに入らなかった高位貴族子息の騎士達は、厳重注意となった。

「『近衛騎士団』としては、今後やりやすくなったのかもしれない。だがそれはケヴィンの犠牲《ぎせい》の上というのが何とも……」

ウィリアムが一瞬苦悶《くもん》の表情を浮かべ、それを見られぬようにリリアーナの肩に顔を埋《うず》めた。

「誰かを犠牲にしてでもやり遂《と》げたかったわけではありませんものね」

リリアーナはそっとウィリアムの心に寄《よ》り添《そ》うように、彼の頭を優しく撫でる。

「……ウィル、私、酷い人間なんですの」

突然《とつぜん》自身を酷い人間なのだと言い出したリリアーナに、ウィリアムが思わずといったように勢いよく顔を上げた。

「リリー、どうした？　なぜ、そんなことを？」

リリアーナは自嘲気味にどこか遠くを見るようにして話しだす。

「私、ケヴィンが腕を斬《き》られた時に『あの場にいるのがウィルじゃなくて良かった』、と思ってしまいましたの。もちろん、ケヴィンが斬られて良かったと思っているわけではありませんわ。ですが、どこかホッとしてしまったことも事実で……。一時は彼のことをチャラ男なんて呼んでおりましたが、今では一番信頼《しんらい》出来る護衛だと思っているのに、ですわ」

ね、酷いでしょう？　とでも言いたげに力なく微笑《ほほえ》みを向けるリリアーナを、ウィリアムは更《さら》に強い力でギュッと抱き締める。

「目の前で起こった何かに自身の大切な誰かを置《お》き換《か》えて想像し、その者でなくて良かったと安堵の息を漏らすのはリリーだけではない。それは誰しもが咄嗟《とっさ》に行ってしまうことだ。だからといって決して誰かの不幸を願っているわけではないのだから、いくら本人だからといって、私の愛するリリーを酷い人間だなどと言わないでほしい」

「ウィル……」

リリアーナはウィリアムの腕にそっと手を添えて目を瞑《つぶ》る。

——どれほどの時間そうしていたのか。

扉をノックする音が聞こえ、リリアーナが目を開けるのと同時にウィリアムも抱き締めていた腕の力を抜いて、入室の許可を出した。

「ただいま戻りました」

モリーがケヴィンのお世話後の報告にやって来たのだ。

ウィリアムの膝の上にリリアーナがいることは、モリーにとって当たり前の光景となっているのか、全く動じることはない。

「モリー、お疲《つか》れ様《さま》。今日のケヴィンはどうだったのかしら？」

毎日のように聞かれるその質問に、モリーは嬉《うれ》しそうにふわりと笑って答える。

「本日、やっと彼の腕の固定が外れました。足の捻挫についても、無理をしなければ今まで通りに動いて構わないそうです」

その言葉に安心したように、ウィリアムが長い息を吐いた。

リリアーナも自然と顔に笑みが浮かぶ。

「良かったわ。これからはリハビリが始まるのでしょう？　一体どんなことをしますの？」

「まずは室内で出来るストレッチから始めるそうですよ。人の体は常に動かしていないと徐々《じょじょ》に衰《おとろ》えていってしまうので、身体機能の維持《いじ》・改善のためにストレッチからリハビリへと進んでいくそうです」

「まあ、そうなの。何にしても今のところ順調そうね。大変だと思うけれど、まだしばらくはケヴィンのお世話をお願いね」

モリーがテーブルの上のカップが空になっていることに気付く。

「リリアーナ様、新しくブレンドしたハーブティーがございますが、いかがでしょうか？」

「モリーの新作ね。もちろんいただくわ」

「ウィリアム殿下はいかが致しますか？」

「では私もリリーと同じものを頼む」

「はい、すぐにお持ち致します」

「畏《かしこ》まりました」

ハーブティーを淹《い》れる準備をするために、モリーは一度部屋を出ていった。

「リリー？」

ぼんやりとモリーの出ていった扉を見ているリリアーナに、ウィリアムが心配そうな顔をしながら名前を呼んだ。

視線をウィリアムへ移せば、その深青のタンザナイトのような瞳《ひとみ》には、自分だけを映している。

「まだ先程のことを気にしているのかい？」

「いいえ、そういうわけでは……。ただ、ウィルに私自身のことでも悪く言わないでほしいと言って頂いて、少し嬉しく思う自分がいて」

「私はリリーを愛しているのだから当然だ」

真顔で言ってのけるウィリアムに嬉しい気持ちと恥《は》ずかしい気持ちが混ざり合い、朱く火照《ほて》っているだろう顔を隠すように、リリアーナは彼の胸に顔を埋めた。

「リリー、可愛《かわい》い」

とろけるような声音《こわね》で囁《ささや》かれ、リリアーナのほんのりと赤みを帯びた耳が更に真っ赤に染まる。それを見て、ウィリアムの笑みが深くなる。

頭頂部から始まり、こめかみへ頬へと段々降りてくるキスに、リリアーナは固まったように動けない。

ウィリアムがもう一度耳元で囁く。

「リリー、可愛い」

リリアーナがおずおずと、ウィリアムの胸元《むなもと》に埋めていた顔を上げる。

首より上をこれ以上ないほど朱《しゅ》に染め、動揺《どうよう》に揺れながらも潤《うる》んだ瞳で見上げられたウィリアムが、降参とばかりに彼女の両頬へ手を添えて優しいキスをした。

額をコツンと合わせ微笑み合う二人。

そこへタイミングを読んだかのように、モリーがハーブティーとお茶請《ちゃう》けの菓子を運んできた。

リリアーナとウィリアムは早速《さっそく》淹れたてのハーブティーに口をつける。

「この甘酸《あまず》っぱさは、甘いものに合いそうね。この爽《さわ》やかな香りは柑橘《かんきつ》系……？」

「正解です。グレープフルーツを主軸《しゅじく》に数種類のハーブをブレンド致しました。気分が落ち込んだ時やこってりした食事の後にいただくのがお勧めです」

「何となくスッキリした気がするな。これは眠気《ねむけ》がある時に飲むのも良いかもしれない」

「では、そのような時にお淹れするよう侍従《じじゅう》に伝えておきます」

「ああ、頼んだ」

モリーがペコリと頭を下げて部屋を後にし、室内は再び二人だけの空間に変わる。

「そうだ、リリー。トーナメント戦のトラブルで頓挫《とんざ》していたリリーの護衛決めなんだが。途中《とちゅう》まではあったが、これと思う騎士はいたかい？」

「ええ。それでしたら、二名ほど」

「それは誰だ？」

「ええと、二人とも前髪《まえがみ》で隠れておりましたのでお顔はよく分からないのですが、一人は小柄《こがら》で華奢《きゃしゃ》な方ですわ。もう一人はとにかくひょろ長い方でした」

「ひょろ長……」

リリアーナの返事に困ったように眉《まゆ》を下げるウィリアム。

「分かりにくかったですか？　それならば……」

「いやいや、誰かはすぐに分かったから、それ以上の表現は不要だ。リリーは、その、二人のどういったところが気に入ったんだ？」

「どういったところ……？　う～ん、強《し》いて言うならばカンですわね」

カンだと言い切るリリアーナに、ウィリアムはフハッと笑って頭を撫でる。

「そうか、カンか。リリーのカンはなかなかによく当たるからな。ではその二人の調査を行い、特に問題がなければリリーの護衛騎士にするとしよう。それで女性騎士の方だが」

「女性近衛と女性騎士の希望者の中から選ぶのでしたよね？」

ウィリアムが深く頷く。

「近いうちに試験を行おうと思う。仮に女性騎士の中から選ぶ場合、騎士団の方も色々と調整が必要になる。これ以上引き延ばすのは、あちらにも負担を強いることになるからな。それと、前に伝えた通りリリーにも試験官として参加してもらうつもりだ」

「ええ、私のための護衛騎士を選ぶのですもの。自身の目でしっかりと確認させて頂きますわ。ですが……」

「どうした？」

「あ、いえ、その、人数が増えるということは、せっかく仲良くなれたティアとアンリと一緒《いっしょ》にいる時間が減ってしまうということですよね？　少しだけ、寂《さび》しいと思ってしまいましたの」

呆れられるとでも思ったのか、リリアーナは恥ずかしそうに俯きながら、チラチラとウイリアムの反応を見るように視線を向ける。

ウィリアムはそんなリリアーナが可愛くて仕方がないとばかりに鼻先に口付けて、爽やかな笑顔《えがお》で言い切った。

「ならば、リリーが寂しいと思う暇《ひま》がないほどに私が甘やかし尽くすから、覚悟しておいてくれ」

「へ？」

どうしてそうなった、とばかりに驚いて固まるリリアーナをウィリアムは嬉しそうにギュッと抱き締めた。

「千里の道も一歩から、ですよ。いきなり元通りになんてことは魔法《まほう》でもなければ不可能です。一日二日では変わらないと思うことも、一カ月二カ月と振り返れば前進していることが実感出来るでしょう？」

毎日ケヴィンの宿舎に通い、リハビリのサポートを続けるモリーがそんな分かり切っていることを口にした。

怪我をしてから三週間が過ぎ、ケヴィンは病室から宿舎に移り、リハビリを始めている。

彼女にはかなり助けてもらったし、足を向けて寝《ね》られないくらいの恩が出来たと思ってはいる、が——。

「チッ」

なかなか思う通りに動かないことに苛立《いらだ》ちを隠せず、舌打ちすることが増えた気がする。

元々リハビリには半年ほど掛かると言われていたから、頭では分かったつもりでいた。

それが蓋を開けてみたらどうだ、自分はこんなにも堪《こら》え性のない奴《やつ》だっただろうか。

がむしゃらに剣の腕を磨《みが》いていたあの頃《ころ》は、もっと傷だらけできつい訓練に挑《いど》んでいたはずだ。

思ったように進まないリハビリに、先の見えない不安。

俺のためを思っての厳しい言葉に優しいフォロー。

全部分かっているつもりだった。

それなのについカッとなって、ケヴィンはこれまで溜《た》め込んでいたストレスを全て発散するかのように怒鳴《どな》ってしまった。

「知ったような口を利《き》くな！　頼んでもいないのに毎日来るのもウザいんだよ！」

怒鳴ったことで頭が急速に冷え、冷静に考えられるようになって愕然《がくぜん》とする。

——しまった！

こんなこと、モリーに言うつもりなどなかったのに。

悪いのは堪え性のない自分であって、彼女ではないのに。

後悔《こうかい》しても、口から出てしまった言葉を戻すことなど出来るはずもない。

今までどんなに理不尽《りふじん》で悔《くや》しいことがあっても、一度も涙を見せなかったモリーが一瞬だけ今にも泣きそうに傷付いた顔を見せた。

なのに……。

「無理に続けても良い結果には繋がりませんから、今日はもう終わりにして、明日は様子を見ながら続きを行うようにしましょう。ではまた明日」

まるで何事もなかったかのように微笑みを浮かべてそう言うと、足早に去っていってしまった。

元々あまり表情に出さないモリーが見せた、両極端《りょうきょくたん》な顔。

あんな顔を、させてしまった……。

追いかけてさっきの言葉を否定するべきなのは分かっているのに、足裏が地面に縫《ぬ》い取《と》られているかのようにピッタリとくっついて離れない。

呆然《ぼうぜん》と佇《たたず》むケヴィンの後ろから声が掛かった。

「まったく、あなたは何をしておりますの？」

ゆっくりと振り向けば、そこには眉間《みけん》に皺《しわ》を寄せて見上げるリリアーナがいた。

大切な姉のような存在であるモリーを傷付けたケヴィンを見るリリアーナの目は冷たい。

「嬢《じょう》ちゃんか。……今のは完全な八つ当たりだったよな。あいつ、泣きそうな顔してた。俺、めちゃくちゃカッコ悪いことしてんじゃねぇか。ホント、情けねぇ……」

俯いて前髪をクシャッと握《にぎ》る。

「本当に、格好悪くて情けないですわねぇ」

リリアーナは片頬《かたほお》に手を当てて、呆れたように「ふぅ」と息を吐く。

情け容赦《ようしゃ》ない言葉に、ケヴィンの口からハハッと自嘲するような笑い声が漏れた。

「とはいえ、言ってしまったものは仕方がありませんわ。大事なのは、その後にどうフォローするかではありませんの？　大切なことは言葉にしなければ何も伝わりませんわ。ケヴィン、あなた、格好悪いままで終わらせるつもりですの？　私は格好悪い護衛は嫌《いや》ですわよ？」

「……そうは言ってもな、このままじゃ騎士に復帰出来るかどうかも分からないんだ。だから、嬢ちゃんの護衛も、続けられなくなったらゴメンな？　子ども達の家への連絡役《れんらく》も、とりあえず他の奴に任せた方が――」

「ケヴィン、あなたは私の騎士なのです！」

リリアーナの凛《りん》と遮ったひと言に、ケヴィンはハッと顔を上げる。

リリアーナは真剣《しんけん》な表情で、ケヴィンの目を真っすぐに見つめていた。

「私の気持ちも、モリーと同じですわ。あなたは今回の件で、一切《いっさい》悪いところはありません。それなのに、もしそのせいであなたが騎士を辞《や》めざるをえないことになるなど納得出来ませんし、他の誰が許したとしても私が許しませんわ！」

「……」

「あなたの騎士道精神は立派です。ですから胸を張りなさい。私の護衛騎士はケヴィン、あなたなのです。少しでも早く戻ってこられるように、今は治療に専念してくださいませ。……そのためには、モリーが必要でしょう？」

リリアーナが温かいような、ちょっといじわるのような笑みを浮かべる。

まるでケヴィンの胸の内を全て見透《みす》かしているかのようだ。

だが悪い気は全くしない。

むしろこんなにも頼もしい主《あるじ》がいるという、自らの幸運に感謝した。

ケヴィンは自らの頬を両手でバチンと叩いて、

「嬢ちゃんのお陰で目が覚めたわ。サンキューな！」

礼を言うと、モリーを探しに駆《か》け出した。

王宮内を必死に探し回り、中庭をちょっと進んだ一番奥の小さな噴水《ふんすい》前にひっそりと建っている温室内で、ようやくモリーを見つけた。

ここはウィリアムとリリアーナが、百年に一度しか咲《さ》かないと言われている珍《めずら》しいアガベの花を見に来た温室である。

「やっと、見つけた……」

まさかケヴィンが現れるとは思っていなかったのだろうモリーが、驚いた顔で見ている。

「さっきはいい大人が八つ当たりなんかして、悪かった」

「ちょ、こんなところでいきなり頭を下げたりしないでちょうだい！　人に見られたら何て言われるか……」

こんなところに来るような物好きはあんたくらいしかいねぇよ、という言葉は口に出さないでおく。

「別に、言いたい奴には言わせておけばいい。あんたには散々世話になっておきながら、あの言い方はなかっ……」

「あのねぇ」

「？　何だ？」

「いつもあなたは私のことを『お前』とか『あんた』って呼ぶけれど、私には『モリー』っていう、両親から授《さず》けてもらった立派な名前があるの」

「へ？　あ、ああ」

なぜ今それを言われるのかとケヴィンは少し間の抜けた顔をしつつ、とりあえず言われた通りに「モリー」と呼ぶと、モリーは満足そうに頷いた。

それを見たケヴィンはホッとしたように話を続ける。

「いや、何ていうか、あんた……じゃなくてモリーにはカッコ悪いところを見せちまって……」

「あら、その言い方だと普段はカッコいいみたいじゃない。あなたのカッコいい姿なんて見たことあったかしら？」

「うぐっ」

「……ふふ、嘘《うそ》よ」

モリーの意趣《いしゅ》返しの言葉に苦虫を噛み潰《つぶ》したような顔をするケヴィンを見て、いたずらが成功したかのようにモリーは楽しそうにコロコロと笑いだした。

ひとしきり笑ってから小さく「ふぅ」と息を吐くと、まるで遠い昔を懐《なつ》かしむような表情でモリーが語り始める。

「……昔ね、リリアーナ様に言われた言葉があるの」

ケヴィンはモリーをジッと見つめて、次の言葉を待った。

「成功の反対は失敗ではなく、諦めることなんですって」

「成功の反対は、失敗じゃない……」

「ええ。失敗しても諦めなければいつかは成功に繋がるだろうけれど、諦めたらそこでお終《しま》いなのよ、って。今のあなたに必要なのは、諦めない気持ちじゃないかしら？」

「諦めない、気持ち……」

モリーの言葉を復唱すると、ケヴィンは何かを考えるように足元をジッと見つめる。

「偉《えら》そうなことを言ってしまったけれど……。言葉にするのは簡単でも、諦めないってとても難しいことだと思うわ。今後あなたには、私なんかに想像もつかないような大変なことがたくさん起こるかもしれない。それでも、逃げ出さずにいられるように愚痴《ぐち》を聞いたり、弱音を吐ける場所になることは、私にも出来るわ」

「弱音か……。あんまり吐いてばっかりいると、張り飛ばされそうだけどな」

「あら、お望みならいくらでも張り飛ばして差し上げるわよ？」

「うわ、お手柔らかに頼むよ」

モリーはケヴィンの情けない返事に、フフッと楽しそうに笑った。

「……嬢ちゃんにもモリーにも、これだけ期待されてるんじゃなぁ。もうちょい頑張るとしますかね」

「ええ、でも無理しない程度にしてちょうだいね。あなたってば、両極端なんだもの」

二人で顔を見合わせて笑う。

自分を信じ待っていてくれる人が二人もいるということにホッとし、ケヴィンの心がじんわりと温まっていく。

焦《あせ》って腐《くさ》っている場合じゃなかったな、とケヴィンは心から安堵の息を吐き出した。

第5章　応援し隊結成!?

「リリー？　よく分からなかったのだが、もう一度言ってもらえるかい？」

リリアーナが差し入れを持ってきたタイミングで、休憩《きゅうけい》を取るべくソファーへ移動したウィリアムとダニエルだったが……。

ウィリアムの隣《となり》に腰《こし》を下ろしたリリアーナの発する言葉の意味を理解出来なかった二人は、困惑《こんわく》の表情を浮《う》かべた。

「で・す・か・ら、私と、ウィルと、ダニマッチョの三人で、モリーとケヴィンの恋《こい》を成就《じょうじゅ》させるのですわ！」

リリアーナはやる気満々で、ふんすと鼻息荒《あら》く両手を胸の高さでギュッと握《にぎ》る。

「モリーの献身《けんしん》的なフォローもあってか、ケヴィンは無理しない程度にリハビリを続けて頑張《がんば》っておりますわ。お医者様も、若いお陰《かげ》もあるのか驚《おどろ》くほどの回復力だと仰《おっしゃ》っていましたし、もしかしたら当初言われていた半年よりも早く日常生活に戻《もど》れるかもしれません。このまま順調に回復すれば、騎士《きし》に復帰出来る可能性も高いのではないかしら」

「それは何よりだ」

ケヴィンのリハビリが順調であることに、ウィリアムとダニエルが嬉《うれ》しそうに頷《うなず》いている。

「モリーにはケヴィンのお世話をお願いしておりましたから、二人はずっと一緒《いっしょ》の時間を過ごしていましたでしょう？　モリーはもしケヴィンが騎士に復帰出来なかったとしても、彼を支えていくつもりでおりますわ。それにリハビリ中の二人はこう、体に触れて支えたりすることもあるのですが、ふと我に返った時に揃《そろ》って頰《ほお》を朱《あか》くする姿を目撃《もくげき》してしまって。それで私はその瞬間《しゅんかん》、これは……と思いましたの！」

「『それは、確かに……』」

二人の関係性が以前と少し違《ちが》ってきているのは、ウィリアムとダニエルも薄々《うすうす》感じていたようだ。

「ということで、私達で『モリーとケヴィンの恋を応援《おうえん》し隊』を結成致《いた》しましょう！」

そこまで言って、リリアーナは満足そうに紅茶に口をつけた。

相変わらずのネーミングセンスである。

恋愛小説《恋のバイブル》を読み込んでいてもリアルな恋愛《れんあい》ごとには疎《うと》い自覚があるリリアーナは、自分だけの力で二人の恋を成就させることなどあまりにも難易度が高すぎると悩《なや》んだ結果、それならば協力者を、と思い立ったのだ。

……明らかに人選を間違《まちが》っていると、この場にもしホセがいたならば激しいツッコミが入ったことだろう。

いや、オースティンやヴィリアーズ兄弟でもツッコミを入れたに違いない。

しかし残念ながら、この場にはそういったツッコミを即座《そくざ》に入れられる者は誰一人《だれひとり》としていなかった。

「ケヴィンとモリーの恋を、俺達で成就させる、か。まあ、協力するのは構いませんが、その前に……」

ダニエルがズイッと前のめりに話を続ける。

「近衛《このえ》騎士団長と副団長を決めるトーナメント戦の再開は、いつにするつもりなんだ？」

「「あ……」」

ウィリアムとリリアーナが気まずそうに視線を逸《そ》らす。

「トーナメント戦自体は休止中だが、今現在も身辺調査や面談は引き続き行われていて、選考そのものはストップしていない。とはいえ、そちらももう少しで全員の審査《しんさ》の目途《めど》がつくから、もうそろそろ再開しなければいけないか……」

けれど、直近で再開するとなると、ケヴィンが間に合わない。

ウィリアムは苦虫を噛《か》み潰《つぶ》したような顔をした。

リリアーナも、せっかく順調に回復してきているのにトーナメント戦には出られないとなったら、ケヴィンが希望を失って挫《くじ》けてしまうのではないかと心配になる。

ウィリアムとリリアーナは、ケヴィンがトーナメント戦に出られるくらいに、剣《けん》を持って動けるまで回復することを信じているのだ。

だから、出来るだけトーナメント戦の再開を延ばして、ケヴィンの復活を待ちたいと思っている。

するとダニエルは、おや、と首を傾《かし》げた。

「もしかして、何も聞いていないのか？」

「ん？　何かあるのか？」

「……そういえば親父《おやじ》のやつ、面談だけ出て調査や選考はウィルにほとんど任せているって言ってたな。ウィルも選考に集中しているから、騎士団の方までは最近顔を出していないし……」

ぶつぶつとダニエルが一人で言っている。

「ダニー、騎士団で何かあったのか？」

ウィリアムが再度訊《たず》ねると、ダニエルは困ったように話しだした。

「いやな、ケヴィンの件で団長《親父》が『騎士が卑怯《ひきょう》な手を使いやがって!!』ってブチ切れちまってさ。『腐り切った根性《こんじょう》を叩《たた》き直《なお》す！』って燃え上がって、近衛騎士団は今、地獄《じごく》のトレーニングに追われているんだ。ウィルの猛《もう》特訓が可愛《かわい》く感じるレベルだぞ。俺も久々にしごかれて大変だったよ」

ウィリアムとリリアーナが仲良く同時に口元を引《ひ》き攣《つ》らせた。

「そんなわけだから、団長は今すぐ辞《や》めるんじゃなくて、しっかり躾《しつけ》……ゴホン。叩き直してから辞める方向にシフトしてる」

「今の近衛はトーナメント戦どころじゃない状態、か。まあ、団長に絞《しぼ》られれば、もう不正をしようだなどと考える輩《やから》も、弛《たる》んだ奴《やつ》もいなくなるだろう。ありがたい限りだ。それならばもう少し再開を延ばせるな。……ケヴィンがそれまでに参加出来るレベルに回復すればいいが」

リリアーナが切実な表情で頷く。

「こればかりは祈《いの》る他ありませんわね」

「そうだな」

「ですが、目標があるというのは良いことですわ。トーナメント戦の再開が更《さら》に先送りになると知れば、ケヴィンもそれに向かって努力を続けると思いますの。……まあ、やりすぎは良くないですから、そこはモリーにしっかり手綱《たづな》を握ってもらわないとですが」

手綱を握るモリーを想像したのか、ウィリアムとダニエルが苦笑《くしょう》している。でもウィリアムは、その顔に安堵《あんど》が滲《にじ》んでいた。

「トーナメント戦再開の前に、リリアーナの女性騎士の試験は進めよう。試験の準備と試験日の告知と、その他諸々《もろもろ》の手配のことを考えると……」

「十日後が妥当《だとう》じゃないか？」

近衛騎士団長、副団長を決めるトーナメント戦は、ダニエルも出場者側なので選考や準備には関われないのだが、女性騎士の試験はそれに関係ないため、ダニエルも選考側として手伝っている。

「そうか。リリーは十日後で大丈夫《だいじょうぶ》か？」

「大丈夫ですわ」

「ならばそれで手配を頼《たの》む」

「おう」

「……というわけで、それまでの間であれば、リリーの言う応援隊に協力出来ると思う」

ウィリアムが柔《やわ》らかい笑《え》みを浮かべ、リリアーナの頭にポンと手を置いた。

リリアーナは期待に満ちた瞳《ひとみ》をダニエルにも向ける。

「いやいや、そんな目を向けなくてもちゃんと協力はしますよ。それで？　どう応援するつもりですか？　こう言っては何ですが、ちょっと後押《あとお》ししただけで進展するくらいなら、俺らが何とかしようとしなくてもとっくに付き合ってると思いますよ？」

「お互《たが》いに意識していることは間違いないのですけれど、二人とも素直《すなお》じゃないところがありますから……」

リリアーナは頰に手を当てて、ウィリアムは顎《あご》に手を添《そ》えて『う～ん』と考える。

ウィリアムがハッとしたように口を開いた。

「二人で出掛《でか》けさせるのはどうだ？　ケヴィンのリハビリにも良いだろうし、何よりもずっと宿舎の中にいるよりは、街に出ることによって気分転換《てんかん》にもなるのではないか？」

「それは良い案ですわ！　問題はどうやって二人で出掛けさせるかですわね」

リリアーナとウィリアムが眉間《みけん》に皺《しわ》を寄せて『う〜ん』と唸《うな》る。

良い案だと言うが、それはちょっとした後押し程度の案だろう？　とダニエルの顔が物語っているが、真剣《しんけん》な顔で考えている二人は全く気付いていない。

「それなら、リリアーナ妃《ひ》が二人にお使いを頼めばいいんじゃないか？」

「お使い、ですか？」

「ああ。例えば……話題の並ばないと買えないスイーツを買ってきてほしいとか、誰かに何かを届けてほしい、なんていうのは？　モリー一人だと心配だから、ケヴィンも一緒に行ってこい、なんて感じで」

ダニエルの案に、リリアーナとウィリアムは気まずそうに顔を見合わせた。

「その、話題のスイーツはウィルが侍従《じじゅう》に頼んで常に取り寄せてくれておりますの。モリーもそのことは存じておりますから、スイーツ案は却下《きゃっか》ですわね」

ダニエルが『マジか』といった風に驚いた顔をウィリアムに向ける。

「リリーが喜ぶ顔が見たいからな」

糖度増し増しな笑顔《えがお》を向けられたリリアーナは、頬を染めて照れたように笑った。

「スイーツも嬉しいですが、何よりもそのお気持ちが嬉しいですわ」

「あ～、はいはい。そういうのは二人だけの時にしてくださいよ。んで？　誰のところに届けさせます？」

「『え？』」

「いやいや、『え？』じゃなくて。スイーツ案が却下されたのなら、誰かに届け物案しか残ってないでしょうよ。それとも何か他にいい案が？」

ウィリアムとリリアーナが二人揃って首をフルフルと横に振《ふ》る。

「じゃあ誰に届け物をするのか決めなきゃでしょう？　リリアーナ妃は誰かに届け物をするような用事はありますか？　それか作れますか？」

リリアーナは少し考えて答える。

「『子ども達の家』にそろそろ常備薬と包帯を届けたいですわね。それと、デザイナーのアンドリュー《アン》様に、ランブローグ王国で購入《こうにゅう》したお土産《みやげ》をまだお渡《わた》し出来ておりませんの。王宮医師を引退されたエマ様にも、やはりお土産が渡せておりませんので……」

「『子ども達の家』はリリーが顔を出した方が、子ども達は喜ぶだろう。近いうちに二人で一緒に行こう」

「まあ、二人で。嬉しいですわ」

ダニエルが嘆息《たんそく》しながら居心地悪《いごこちわる》そうに言った。

「なあ、『モリーとケヴィンの恋を応援し隊《これ》』に俺は必要か？」

ウィリアムとリリアーナは勢いよくグリンと顔をダニエルの方へ向けて、言い切る。

「「必要に決まっている（いますわ）」」

ダニエルは二人の勢いに負けて、思わず半歩後退《あとずさ》る。

「お、おう。じゃあモリーとケヴィンのお使いは、アンの店とエマ様んとこの診療《しんりょう》所の二カ所でいいか？」

「ええ、ではモリーとケヴィンに早速《さっそく》お使いを頼んできますわね」

リリアーナはそう言うが早いか、席を立つと淑女の全速力《早歩き》で二人の元へ向かった。

「……なあ、アレ、嬢《じょう》ちゃん達だよな？」

「ええ、そのようですね」

リリアーナからお使いを頼まれたモリーの護衛として、ケヴィンは久しぶりに街へ出ていたのだが……。

王宮を出てからすぐに、誰かにつけられていることに気付いて警戒《けいかい》していたものの。

あからさまな三人の姿を見つけてホッとすると共に、『いや、何をしているんだ』と突《つ》っ込みたくなったというか……。

ケヴィンとモリーは笑いを堪《こら》えながら小声で会話を続ける。

「いいのか？　バレバレだって教えてやらなくて」

「何やら楽しそうですし、いいんじゃないですか？　殿下《でんか》とダニエル様が一緒なら、リリアーナ様の護衛として申し分ないですし」

「いや、まあ、そうなんだが」

ケヴィンがリリアーナ達の方へチラリと視線を向ける。

今まで自分がいた場所にいるのが他の誰かではなくウィリアムとダニエルなことに、ケヴィンは無意識に安堵の息を吐《は》いた。

「今度は何を始めたのか分かりませんが、そのうち飽《あ》きるでしょうから放っておきましょう」

モリーが淡々《たんたん》とそう言えば、ケヴィンが楽しそうに笑った。

「随分《ずいぶん》とドライなんだな」

「王太子妃の専属侍女《じじょ》でいるためには必要なことだもの。そんなことよりほら、着いたわよ」

王都で一番人気のデザイナー、アンドリューの店の前に立つ二人。

リリアーナと一緒にもう何度も訪《おとず》れた店であるが、モリー一人での（ケヴィンもいるし、何なら後方にストーカーズ《リリアーナ達》もいるが）訪問は初めてである。

「あら、リリちゃんの侍女さん、いらっしゃい」

「お忙《いそが》しいところお時間を作って頂き、ありがとうございます」

前下がりボブの、長身スレンダーな超絶《ちょうぜつ》美人であるアンドリュー自ら迎《むか》えてくれたことに感謝を述べた。

「本日はリリアーナ様に代わり、ランブローグ王国からのお土産をお持ちしました。こちらです」

モリーの言葉に合わせるように、ケヴィンがお土産用の衣装《いしょう》の入ったケースを差し出す。

「見てもいいかしら？」

「どうぞ」

アンはケースの中の衣装を取り出すと、店のスタッフに並べさせた。

「あらあら、まあまあ！　これは何の生地《きじ》かしら？　初めて目にするわね。こちらは……」

瞳をキラキラさせてドレスを食い入るように見るアンの周りに、『外国産の珍《めずら》しい薄手《うすで》の生地を使ったドレス』と耳にしたスタッフ達がワラワラと集まってくる。

衣装を手に取り、やれ裁断の仕方がどうだ、このデザインはこうだと夢中で話している。

完全に存在を忘れ去られたモリーは苦笑いでそれを見つめていたが、

「なあ、長くなりそうだし、今のうちに出ていった方がいいんじゃね？」

ケヴィンの言うことにも一理あると、メモを残してお店を後にした。

「研究熱心というか、何というか……。だからこそ王都一番人気のデザイナーなのかもな」

「そうね。これでまたリリアーナ様の素敵《すてき》なドレスが出来上がるのではないかしら？」

モリー達がコッソリ出ようとしている時に、アンがスタッフにデザイン帳を持ってくるよう声を上げていたから、きっと何かインスピレーションが湧《わ》いたのだろう。

モリーはまだ見ぬリリアーナの新作ドレスに思いを馳《は》せ、うふふと笑った。

「それにしても……」

ケヴィンがチラリと視線だけをズラした先には、本当に隠《かく》れる気があるのかと疑いたくなるほどに隠れていないリリアーナの姿が。

ちなみにウィリアムとダニエルは、きちんと隠れられている。

「気付かないフリをして差し上げるのも臣下の務めと思いなさいな」

「いや、まあ、そうかもしれねえけどな？　あれはあまりにもお粗末《そまつ》すぎねえか？　一緒にいる殿下と筋肉《ダニエル》は何やってるんだよ。ったく」

「殿下に限っては『隠れようと頑張っているリリーの姿が可愛い』とでも思っていらっしゃるのではないかしら？」

「違いねえ。で？　次は婆《ばあ》さんのところか」

「ちょっと、婆さんなんて失礼よ。エマ先生とお呼びしなさいな」

「面倒《めんどう》くせえよ、婆さんでいいだろ？　実際婆さんなんだから」

「あなたね……」

呆《あき》れたようにモリーは嘆息しつつ肩《かた》を落とした。

「もういいわ、好きになさいな。その代わり何を言われてもされても、私は味方しませんからね」

「おうよ」

以前王宮医師をしていたエマは現在、平民街の一角で新たな医師を育てるための治療《ちりょう》院を開いている。

ザヴァンニ王国で医師になるためには三つの段階を踏《ふ》む必要がある。
一、医師に弟子《でし》入りする。
二、医師の許《もと》で様々な経験を積む。
三、医師に独立を認められる。
こうしてようやく一人前の医師を名乗ることが出来るようになるのだ。

とはいえ医師の知名度によって弟子の信用度も変わるため、知名度の高い医師に弟子入り志願する者は多く、王宮医師のトップであったエマの弟子入りを希望する者は予想以上に多かったと聞く。

もっとも、その全てが「『王宮医師エマ』の名に群がるような輩は要《い》らん！」と追い出されたらしいが。

今はエマ自らが、医療《いりょう》に真摯《しんし》に向き合うことの出来る見どころのある者を数名弟子入りさせているのだとか。

「よう、婆さん。生きてるか？」

治療院の扉《とびら》を開けて開口一番に、ケヴィンがとんでもない台詞《せりふ》を吐いた。

モリーはあまりの暴言に開いた口が塞《ふさ》がらない。

「誰が婆さんだ！」

奥の部屋から出てきたエマが、ケヴィンに向けて木彫《きぼ》りのカップを投げ付けた。

咄嗟《とっさ》に摑《つか》もうとケヴィンは腕《うで》を伸《の》ばす。

だがそれを摑むことは出来ず、ケヴィンの足元にコロンと落ちた。

「その生意気な口はやっぱりおぬしか。それで？　腕に怪我《けが》でもしたのかい？」

ケヴィンは落ちたカップを拾い、力なく「まあな」と言った。

「どれ、見せてみな」

「え？　いや、別に診《み》てもらいに来たわけじゃ……」

「いいから黙《だま》って見せろと言うておろうが。ほれ」

エマは無理やりケヴィンの腕を手に取り、診察《しんさつ》を始める。

「この手術は王宮医師がやったものじゃな」

「分かるのか？」

「ああ。さすが私の弟子といったところじゃな。なかなかに良い腕をしとる」

「何だよ、自慢《じまん》かよ」

「フン、自慢じゃよ」

そうふんぞり返ったかと思うと、エマは奥の部屋に向かって声を掛《か》けた。

「手が空いているやつはこっちに来な」

すると奥の部屋から大人二人と子どもが一人やって来た。

「あれ？　お前……」

ケヴィンが子どもを見て驚いた顔をしている。

「どうしたの？　知っている子？　……まさか、隠し子とか言わないでしょうね⁉」

モリーが信じられないものを見たような顔でケヴィンを見る。

「バカか！　お前は確か『子ども達の家』の……ダイだよな？」

ダイは焦《あせ》ったようなケヴィンの様子を面白《おもしろ》そうに眺《なが》めた後、

「そうだよ。『子ども達の家』のダイです。少し前からエマ先生に色々教わっているんだ。よろしく」

とモリーに挨拶《あいさつ》をした。

「まあ、子ども達の家の……。変なことを言ってごめんなさいね。こんなちゃんとした子がケヴィンの子のわけなかったわね」

モリーの言葉にエマがお腹《なか》を抱《かか》えて笑っている。

「婆さん、何笑ってんだよ！」

ケヴィンが面白くなさそうにエマに再度暴言を吐けば、エマも黙っているはずもなく。

「だから婆さんなどと呼ぶんじゃないよ、このクソガキが！」

ムキになって言い合う姿を前に、多分弟子なのだろうエマに呼ばれて出てきた大人二人は困ったように眺め、ダイは楽しそうに見ている。

「この二人、何か似てるよね」

「「似てない‼」」

振り返って同じタイミングで叫《さけ》ぶ二人に、その場にいる皆《みな》が笑った。

「それで先生、どうして俺達は呼ばれたの？」

ダイの質問にエマが「そうじゃった」と言いながら、ケヴィンの腕を取った。

「腱断裂《けんだんれつ》の手術を王宮医師《おぬし達の兄弟子》が行った痕《あと》じゃよ。よく見てみるといい」

大人二人とダイがケヴィンに駆《か》け寄《よ》り、色々な角度から凝視《ぎょうし》する。

その顔は真剣そのものだ。

文句の一つも言おうと思ったであろうケヴィンも、その真剣な眼差《まなざ》しに口を閉じている。

「リハビリはキチンと続けておるのじゃろ？」

「まあな。言われた通りのことはしているけど。なかなか思ったほどの成果は出ていないっつーか……」

ケヴィンが苦々しく笑う。

医師には驚くほどの回復力と言われているものの、本人としては早く騎士に復帰したいという歯がゆさがあり、焦っているのだろう。

エマは少し考える素振《そぶ》りをみせるとここで待つように告げて奥の部屋へと行き、戻ってきた時には二つのクルミを手にしていた。

「何だ？　クルミでも食えってか？」

ケヴィンは一人一つとかケチくせえなどと言いながら、一つをモリーに渡そうとして手を伸ばす。それをエマが手で遮《さえぎ》り、

「誰が食えと言った、バカもんが。それは二つ一緒に片方の手で握る用じゃよ」

と二つとも握らせた。

「手で握って転がすことによって血行を良くして、前腕《ぜんわん》から指先に至る諸筋群を機能回復

してくれるのさ」

転がすとひと口に言っても、どうやって？　と困ったような顔をするケヴィンに弟子の一人が、

「少しお借り出来ますか？」

と掌《てのひら》を上にして差し出してきた。

ケヴィンはクルミ二つをその掌にそっと乗せる。

「こうするんです」

クルミを右回りに回した後に今度は左回りに回して、それを数度繰《く》り返してみせた。

「へぇ～、そんな風に回すのか」

ケヴィンは感心したように呟《つぶや》き、弟子からクルミを受け取る。

「空いた時間にやるといい」

と言うエマに、ケヴィンが珍しく素直に礼を伝えた。

「……恩に着る」

「何じゃ？　聞こえんなぁ」

ニヤニヤと笑うエマにケヴィンが耳を朱くしながら、

「この、クソババアが——！」

と叫ぶのをモリーが後方で嬉しそうに見ていたことは、誰も知らない。

幕間◈ポンコツ三人組ストーカー爆誕

「あ、移動を始めましたわよ」

少し前を行くモリーとケヴィンの後ろを気付かれぬよう、リリアーナとウィリアムとダニエルがついていく。

「なあ、これ絶対に前の二人にバレてるぞ」

ダニエルがリリアーナには聞こえないようにコッソリとウィリアムに告げる。

ウィリアムも同意とばかりに深く頷《うなず》いた。

「そうだろうな。正直に言って、リリーがここまで尾行《びこう》が下手だとは思わなかった……」

ウィリアムとダニエルが同時に深い溜息《ためいき》をつく。

「リリアーナ妃《ひ》にはめちゃくちゃ張り切っているところ悪いが、撤退《てったい》するか？」

「いや、随分《ずいぶん》と楽しそうにしているから、このまま尾行を続けよう」

「げっ、マジか」

渋《しぶ》い顔をするダニエルにウィリアムが、

「付き合わせて悪いな」

と言った。

「二人とも、何をのんびりしていますの？　そんなんじゃ見失ってしまいますわ！」

やる気満々でバレバレの尾行を続けるリリアーナに、ウィリアム達は苦笑《くしょう》を浮《う》かべながらついていく。

まずはアンドリューのお店からのようだ。

「……中の様子が分かりませんわね」

道路を挟《はさ》んだ反対側の建物の陰《かげ》に半分だけ隠《かく》れながら、リリアーナが不満げに呟《つぶや》いた。

「そりゃそうだろう」

思わず返してしまったダニエルは、ウィリアムに黙《だま》っていろとばかりにキッと睨《にら》まれて慌《あわ》てて口を噤《つぐ》む。

夢中でお店の方を見ているリリアーナの耳には届かなかったようで、ダニエルはホッと息をついた。

「そういえば、ダニマッチョはクーと新婚《しんこん》旅行に行く予定はありますの？」

モリーとケヴィンが用事を済ませて出てくるまでの間、特にすることがないと暇《ひま》を持て余したリリアーナが突然《とつぜん》くるりと向きを変えて、ダニエルに質問する。

ダニマッチョ呼びにもう慣れたのか、それに対して彼が特に反応することはない。

「いや？　決めていないな」

「まあ、クーとはそういう話はされておりませんの？　新婚旅行に行くにしても行かないにしても、きちんと二人でお話しされた方がいいと思いますわ。二人で決めたことならば後々問題になることもないでしょうから」

ね？　とリリアーナが笑顔《えがお》でウィリアムに振《ふ》り返《かえ》る。

度々《たびたび》一人で先走って決めてしまうウィリアムに、リリアーナの無意識の牽制《けんせい》が突《つ》き刺《さ》さった。

「あ、ああ。話し合いは大事だ。そうだな、ダニエル」

「え？　そこで俺に振る？　いや、確かにそう思うけどな？　まあ忠告を受けたことだし、今日にでも帰ったら話し合ってみるか」

「ぜひそうしてくださいませ。クーもきっと喜びますわ」

「そうか。なら喜ばせついでにせっかく街に出たことだし、クロエ嬢に何か買って帰るかな。さて、どんなものなら喜んでくれるのか……」

ダニエルがクロエへのプレゼントを何にするのか真剣《しんけん》に考え始めたその横で、ウィリアムとリリアーナがヒソヒソと小声で囁《ささや》き合う。

「クロエ嬢なら、ダニエルが袖《そで》をまくって盛り上がった筋肉を見せつけるだけで喜びそうだがな」

「ええ、多分それが一番のご褒美《ほうび》かもしれませんわね。……ダニマッチョにピンクのリボンでも掛《か》けてクーに贈《おく》りますか？」

　思わず想像したウィリアムがゴホゴホと咳《せ》き込む。

「だ、大丈夫《だいじょうぶ》か？」

「あ、ああ。大丈夫だ。何でもない」

　まさか『ピンクのリボンを掛けたダニエルを想像して咳き込んだ』などと、本人には言えまい。すかさずリリアーナがフォローに回る。

「ダニマッチョが選んだものなら、クーは何でも喜んでくれると思いますわ」

「それはそれで、何を贈ればいいか決められなくて困るけどな。お、出てきたぞ」

　ダニエルの声にリリアーナは慌てて店の入口へ視線を向けた。

　――半分だけ隠れながら。

「次はエマ様の治療院《ちりょういん》ですわね」

　少し前を歩くモリー達の間に、甘い雰囲気《ふんいき》など皆無《かいむ》である。

「手と手が触《ふ》れ合って、自然と二人の手が繋《つな》がれる……といったことが全く起こりませんわね」

　どうしてかしら？　と首を傾《かし》げるリリアーナを目尻《めじり》を下げて眺《なが》めるウィリアムと、どこから突っ込んだらいいのか本気で悩《なや》むダニエル。

　もしこの状態をホセが目にしていたら、きっと呆《あき》れたように冷たい眼差《まなざ》しを向けたことだろう。

そして二人は特に変わった様子もなく、治療院へ到着《とうちゃく》してしまった。

扉《とびら》を開けたケヴィンの何やらとんでもなく失礼な言葉に、三人は揃《そろ》ってギョッとした顔で固まる。

「エマによくあんな口を利《き》けるな」

「いや、あいつ勇者だな」

「全くもう。ケヴィンったら、失礼ですわ」

三者三様な反応である。

アンのお店の時と同様に、用事を済ませて二人が出てくるまではすることがなく暇を持て余すリリアーナ達。

四半時待ちようやく二人が治療院から顔を出した。

「あ、出てきましたわ」

「これで使いは終わりだな。出来ればこの後カフェに寄ったりどこかの店で買い物したりして、二人の仲が進んでくれりゃいいんだが」

「そうですわね。ケヴィンがうまくモリーを誘《さそ》ってくれるといいのですけど」

リリアーナの期待も虚《むな》しく、モリーとケヴィンはそのままどこにも寄ることなく、王宮へと帰っていく。

「今日もこれといった進展はありませんでしたわ」

シュンと項垂《うなだ》れるリリアーナの頭をヨシヨシ、とばかりにウィリアムが撫《な》でる。

「ま、俺らがついてきているのに気付いていて行くはずねぇよな」

というダニエルの呟きは二人の耳には入らなかった。

「ところで、ケヴィンは先ほどから何をずっと握《にぎ》っているのかしら？」

「何かは分からんが、ケヴィンのやつ、あんなもの持っていたか？」

「いや、少なくとも治療院に入る前までは何も持っていなかったぞ」

三人のポンコツなストーカーはケヴィンの『クルミコロコロ』に首を傾げるのだった。

第6章　二人の恋の行方は……

訓練場には女性近衛《このえ》四名と女性騎士《きし》十名の計十四名が緊張《きんちょう》した面持《おもも》ちで集合していた。

これから行われるのは、次期王妃《おうひ》付きの護衛を決めるための試験である。

人数が少ないため、女性騎士の試験は数日に分けることをせず、一日で面談と対戦という審査項目《しんさこうもく》を全て行うことにした。

試験官を務めるのはウィリアム、リリアーナ、ダニエル、ティア、アンリの五名。

その五名が一列に座り、長テーブルの上には、十四名全員の簡単な経歴などが記された資料が置かれている。

リリアーナはその資料を手に取り、じっくりと目を通し始めた。

女性近衛は護衛のために何度か顔を合わせたことがあり、何となくだがその個性を理解《知っ》しているけれど、女性騎士達と顔を合わせるのは初めてなのでしっかりと確認《かくにん》する。

といっても、名前と身体的特徴《とくちょう》とどんな性格であるかがざっくりと記されているだけなので、これだけでは判断しようがないのだけれど。

まずは試験官たちの前に横一列に並んでもらい、質問に答えてもらうのだが。

その前にと、リリアーナが徐《おもむろ》に立ち上がる。

「初めましての方もおられますから、まずは私の自己紹介《しょうかい》からさせてくださいませね。リリアーナ・ザヴァンニですわ。本日の試験は私の護衛騎士を決めるためのものですが、私はあなた達のことをある程度書類で知ることが出来ても、あなた達の中には私のことを名前以外に知らない方もいるでしょう。自分が守るべき主《あるじ》のことを知らなければ、後になってやはり嫌《いや》だと思うこともあると思います。なので私を主であると認めたくない方には、選考中でも辞退する権利がありますわ。互《たが》いに納得《なっとく》がいかなければ、信頼《しんらい》関係など築けるわけがないですもの。ですから仕えたい、仕えてほしいと思える同士で決定出来たらと思います。よろしくお願いしますわね」

そう言ってニコリと笑《え》みを浮《う》かべて着席し、いよいよ試験が始まった。

志望した理由や、次期王妃付きの護衛として自分なら何が出来るのかなどの質問が続く中、リリアーナの質問は、

「どうして騎士の道を選んだのですか？」

というものであった。家族が皆《みな》騎士だから自分もという者や、気が付いたらその道に進んでいたなんていう者もいる中で、リリアーナの印象に強く残ったのはルルという名の赤髪の女性騎士だった。

「うちは大家族なもんで、小さな弟妹《ていまい》達のために私が働いて稼《かせ》がないといけなくて。健康

で体を動かすことが得意だったこともあって騎士になりました」

そうせざるを得ない状況《じょうきょう》の中でも苦労を苦と思わない明るい笑顔《えがお》。

リリアーナはこの女性騎士の資料の右上に○を書き込んだ。

ある程度の質問を終え、騎士としての実力を見るための試合に移る。

この試合で優勝したからといって専属護衛に選ばれるわけではない。

実力はもちろん必要だが、リリアーナとの相性《あいしょう》が良く、信頼出来る者でなければならないのだから。

対戦する者以外は場内に新たに作られた階段状の壁面《へきめん》から観戦しつつ、自分の名を呼ばれたら場内へ下りてくるよう指示が出される。

順調に七試合を終え、受験者にはしばし待機を告げた。

試験官五名は控室《ひかえしつ》へと場所を移し、誰《だれ》を選ぶかの話し合いが始まった。

「リリーは誰か気になる者はいたかい？」

ウィリアムの問いにリリアーナは赤髪の騎士であるルルを推《お》した。

「ああ、大家族だという……」

「実力もそれなりにあるし、いいんじゃないですか？」

ウィリアムとティアの言葉にリリアーナが嬉《うれ》しそうにウンウンと頷《うなず》いている。

「実力でいえば一番最後の試合で勝った騎士なんだろうけど、何ていうかリリアーナ妃とは相性が合わなそうな気がするんだよな」

「あ、それは私も思いました」

ダニエルの言葉にアンリが同意する。

「私としても今のあの騎士にはリリーを任せたくはないな。どちらかといえば、その負けた相手の方がリリーとは相性が良さそうだ」

「ああ。負けはしたが実力的にそう大差はなかったしな」

ウィリアムとダニエルは頷き合う。

「ならば二人目の候補は負けた方の騎士にしよう。他に候補はいるか？」

リリアーナとティアとアンリの三人が首を横に振《ふ》った。

「補充《ほじゅう》は二、三人のつもりだったわけだし、無理してもう一人選ぶ必要はないだろ」

「そうだな。ではリリアーナの専属女性騎士は、この二名に決定する。訓練場へ戻《もど》って皆に結果を伝えるとしよう」

皆が頷いて席を立ち、控室から出ていく。

ウィリアム達が訓練場に戻ると、女性近衛と女性騎士達が慌《あわ》てたように階段状の壁面から下りて場内へ走り寄った。

全員が横一列に並んだのを確認し、ウィリアムが結果を伝える。

「リリアーナ専属の女性騎士にはセリーヌ・バセット、ルル、以上二名を任命する」

この結果には皆が驚《おどろ》いた。

セリーヌは試合で負けているし、ルルなどは平民の騎士である。

女性近衛と違《ちが》って女性騎士はほとんどが平民だ。

今回女性騎士に王太子妃の専属護衛の話がきたのはただのポーズで、きっと女性近衛の中から数名が選ばれるのだろうと思っていた。

女性騎士達は万が一があったらラッキーくらいな、記念受験的な感覚で立候補していたのだ。

そんなわけで、まさか自分が任命されるとは思っていなかった二人は驚きに目を見開いた後、喜びに顔を綻《ほころ》ばせた。

女性近衛と女性騎士達が次々とセリーヌとルルへおめでとうの言葉を告げていく中、ある一人の不満顔の女性騎士が叫《さけ》ぶ。

「納得できません！」

それは一番最後に戦って勝利した女性騎士であった。

「なぜ試合で私に負けたセリーヌさん《彼女》が選ばれて、勝った私は選ばれないのですか？」

悔《くや》しさを顔に滲《にじ》ませている女性騎士を他の騎士達が慌てて止めようとするのを、ウィリアムが手で制す。

「君の、相手の動きを予測しつつ戦略を立て攻撃《こうげき》に移す様は素晴《すば》らしかった。剣《けん》の実力だけならば君が任命されていただろう」

「だったら……」

「だが、試合の勝敗だけで護衛騎士を決めるわけではない。今の君には絶対的に不足しているものがある。ここでそれを言うのは簡単だが、それでは君のためにはならないだろう。自分にとって足りないものが何であるのか、一度じっくり自身と向き合ってみるといい。では、解散」

ウィリアムはそう言うとリリアーナの背中に手を回し場内を後にする。

ダニエルとティアとアンリもそれに続いた。

「よろしかったのですか？」

「何がだい？」

「あの女性騎士の方……」

チラチラと後ろを気にして振り返るリリアーナ。

女性騎士はウィリアムに言われたことが相当悔しかったのか、場内で俯《うつむ》き地面を睨《にら》むようにして立っている。

「確かに彼女は強い。だが、慢心《まんしん》しているうちはそれ以上の成長は見られないし、そんな者に背中を預ける騎士はいない。複数人で守り戦う場面で独りよがりな騎士は邪魔《じゃま》なだけだ。それを理解して改心出来れば、彼女はもっと強くなるだろう」

「そうですか。早く彼女がそれに気付いてくれるといいですわね」

「ああ、そうだな」

なかなかにプライドの高そうな女性だったから、時間が掛《か》かりそうではあるが。

それでもリリアーナが言うように、少しでも早く気付いてくれたらいいとウィリアムも願うのだった。


「モリー、あなた宛《あ》ての手紙よ」

「ありがとう」

笑顔で手紙を受け取り、裏側に書かれた差出人名を見て、

「はぁ……」

とモリーは大きな溜息《ためいき》をついた。王宮に定期的に届く、母からの手紙である。

中身など見なくても分かっている。

結婚適齢期《けっこんてきれいき》を若干過ぎてしまったモリーを心配してのものであるということは。

気付けば二十歳《はたち》を過ぎており、世間では『嫁《とつ》ぎ遅《おく》れ』と言われるお年頃《としごろ》である。

両親にしてみれば、一人娘《ひとりむすめ》であるモリーに一日でも早く結婚してもらい、安心したい

のだろう。

数年前まであった『良いお話』は今ではもうほとんどこなくなり、今後は更《さら》にこないと思われる。

モリーとて決して結婚願望がなかったわけではないが、結婚するのならば『一生この人の側《そば》にいたい』と強く思えるような相手がいいと願っていた。

ただ、そんな風に思える相手に恵《めぐ》まれなかっただけ。

チラリと脳裏《のうり》を過《よ》ぎる顔を、頭をブンブンと振って散らす。

……縁《えん》がなかったのだ。

無理に結婚などしなくても、今の生活には十分満足している。

だから両親には心配を掛けて申し訳ないと思いつつも放っておいてほしいと、ここ数カ月まともな返事を出せていない。

それでも一応手紙には目を通しておくべきだろうと渋々《しぶしぶ》封筒《ふうとう》から便せんを取り出してみれば、やはり思った通りの文面が並んでいる。

モリーは溜息と共に、母からの手紙を無造作にポケットにねじ込んだ。

「おい、何か落ちたぞ」

ケヴィンはモリーのポケットから何やら畳《たた》まれた紙が落ちるのを目にした。

拾ってみればそれは手紙だったようで、

『とてもよい方なので、一度お会いして』

という文面が見えてしまった。決して見ようと思って見たわけではない。

「拾ってくれてありがとう」

そう言って右掌《てのひら》を上に向けてケヴィンの前に出すモリーに、何だか無性《むしょう》にイライラした。

手紙を掌に乗せると同時に気付けば、

「見合いでもするのか？」

とケヴィンは口に出していた。

驚きに目を見開いたモリーは次の瞬間《しゅんかん》虫けらでも見るような目をして、

「見たのですか？　うわ、最低ですね」

と、冷たく言い放つ。

「見たんじゃなくて見えたんだ！」

「そこは見なかったことにするのが優《やさ》しさってものでしょうに」

やれやれとでも言いたげに、「ふぅ」と小さく息を吐《は》き出す。

「生憎《あいにく》俺は優しくないんでね」

「そんなことはとうに知っていますけど？」

「で？　見合いするのか？」

「しませんよ」

呆《あき》れたような顔でそう言うと、モリーは踵《きびす》を返した。

その後ろ姿にホッとしていることに気付いて、自身にツッコミを入れる。

「何ホッとしてるんだよ、俺は」

「ホントにな」

返事があったことに慌ててケヴィンが振り向けば、そこには呆れ顔のウィリアムとダニエルがいた。

「ここにもヘタレがいたか」

ダニエルが零《こぼ》した言葉に、以前ヘタレだった自覚のあるウィリアムが苦い顔をしている。

「いいのか？　追いかけなくて」

その言葉にケヴィンはどこから聞かれていたのかは分からないが、バツが悪くなってフイと顔を背《そむ》けた。

「別に……」

「ふうん？　ま、お前が彼女の隣《となり》に他の男が居座《いすわ》っても気にしないってんなら、俺ももう何も言わんけどな」

「……私も人のことを言えた義理ではないが、変な意地を張っているととんでもない後悔《こうかい》をすることになるぞ。まあ、それを教えてくれたのはお前のはずなんだがな」

ダニエルとウィリアムはケヴィンの肩《かた》をポンと叩《たた》くと、忙《いそが》しそうにその場を後にした。

「……そんなこと、言われなくても分かってるっての」

ケヴィンは下ろした両手の拳《こぶし》をギュッと握《にぎ》りながら、吐き捨《す》てるように呟《つぶや》く。

「あ～～、クソッ」

髪をグシャグシャに掻《か》き交《ま》ぜそれまでの情けない自分を振り切るように、ケヴィンはモリーが去っていった方向に向けて走りだした。

が、その姿は見つけられない。

「どこ行ったんだよ」

普段《ふだん》よくすれ違う場所へ行ってみても、その姿を欠片《かけら》も見つけることが出来ずに気持ちだけが急《せ》いていく。

「なんか俺、前もこうやってあいつのことを追《お》いかけてなかったか？」

我ながら情けないことだと、呆れた笑いが込《こ》み上げる。

どうしてこんなに必死に探しているのか。

分かっているようで分かっていないまま、モリーを探す。

ようやく見つけたモリーを逃《に》がさないため、前を歩く彼女の後ろから細腕《ほそうで》を握った。

「なっ！」

驚いて振り返ったモリーと視線が重なる。

「いきなり何です？」

不機嫌《ふきげん》そうにそう言いながらも、無理やり手を解こうとしないことにケヴィンは心の中で安堵《あんど》の息を吐いた。

「さっきの、見合いの話……」

「？　見合いはしないと伝えたわよね？　まだ何か不満でもあるの？」

訝《いぶか》しげにしている彼女から微《かす》かに感じ取れたのは、苛立《いらだ》ちと悲しみの感情。

「そうじゃない！　……って、ちゃんと伝えなかった俺が悪かった」

モリーの細腕を握ったまま、申し訳なさそうに肩を落とす。

かつては常に女性に囲まれて『エロテロリスト』などと呼ばれた男《ケヴィン》が、たった一人を追いかける姿など、一体誰が想像しただろうか。

以前のケヴィンであれば、他人にここまで感情を揺《ゆ》さぶられることはなかった。

こんなに心を乱されるなど、あり得なかった。

それは、彼の出自がそうさせていたと言ってもいい。

とある男爵家《だんしゃくけ》の子として生まれたケヴィンだったが、愛人の子であることで冷遇《れいぐう》され続け、独り立ちするためにがむしゃらに努力を重ねて騎士となった。

実家とは縁を切ったので平民となったケヴィン。

実力もさることながら、その見かけも武器になることを覚え、利用し、ここまで成り上がった。

自分が誰かを本気で愛することも、愛されることも、ないと思っていた。

腕を見込まれ近衛騎士となってからは給料も上がり、面白《おもしろ》い奴《やつ》らに囲まれ、何だかんだと楽しくやれていた。

（まあ、一番面白いのは嬢《じょう》ちゃんだけどな）

こんな日々がずっと続くのだと、続けばいいと心のどこかで願っていた。

——あの日までは。

騎士としての復帰が難しいと言われた時、自分は何も持っていないことに気が付いた。

見てくれなんてものは、歳《とし》を重ねるごとに劣化《れっか》していく。使えるのは若いうちだけだ。

自分には剣しかなかったのに、それが奪《うば》われてしまったら何も残らないじゃないか。

情けなくも、その事実を認めるのが怖《こわ》かった。

そんな弱さがまだ自分の中に残っていることが許せなくて、苛立ちを隠《かく》せずにモリーにぶつけたこともあった。

（その後、嬢ちゃんに大切なことは言葉にしなければ伝わらないと言われたんだったな）

本当に、その通りだ。だからモリーには、包《つつ》み隠さず正直に伝える。

ケヴィンは大きく息を吸い吐き出すと、モリーの瞳《ひとみ》を真っすぐに見ながら話しだした。

「俺は、愛情を知らずに育った。だから正直に言って、あんたに向けるこの気持ちが恋《れん》情《じょう》なのかどうかなんて分からない。けど、これからもずっと、あんたには隣にいてほしいと思った。あんたの隣にいるのが俺じゃないのは、嫌なんだ。……騎士に復帰出来るかどうかは、まだ分からない。苦労を掛けてしまうのも分かってる。それでも、俺以外の誰かを選ばないでくれ」

「……ずっとって、いつまで？」

「それは……一生だ。一生、あんたを俺の、俺だけのものにしたい」

モリーの驚きに見開かれた大きな瞳からポタリポタリと涙《なみだ》が零れ落ちる。

メイド服を濡《ぬ》らしていくのを目にして、ケヴィンは摑《つか》んでいた手を彼女の頰《ほお》へと移動し、そっと滴《しずく》を拭《ぬぐ》う。

モリーは不安に揺れるケヴィンの瞳を覗《のぞ》き込むようにして、泣きながら小さく「ふふ」と笑った。

「もう、あんたじゃなくてモリーだって言っているのに」

くすくすと笑い声を上げるモリーにケヴィンはバツの悪そうな顔をした後、少し拗《す》ねたように訊《たず》ねる。

た。

「それで？　モリーは俺だけのものになるのかならないのか、どっちなんだよ」

モリーは頬にあるケヴィンの手に自分の手を重ねると、優しい眼差《まなざ》しをケヴィンに向けた。

「リリアーナ様に『いつもボタンを留め忘れるうっかりさん』って言われないように、毎日きっちり首元までボタンを留めてもいいのなら」

「げ、せめて二つくらいは外しても……」

モリーにジト目で見られ、ケヴィンは諦《あきら》めたように肩を竦《すく》めた。

「分かった分かった。それでモリーが手に入るなら、ボタンなんていくらでも留めてやるよ」

「言ったわね？　約束はちゃんと守ってちょうだいね。でないと私も約束を守れないわよ？」

「ああ。あんたが毎日留めてくれたら約束を破らずに済むな」

「だから、モリーだってば」

ケヴィンがニヤリと笑いながらモリーの耳元に顔を近付けて、

「気にしてほしいのはそこじゃなくて、毎日ってところなんだけど？」

と囁《ささや》いた。

「え？」

「だからさ、一緒《いっしょ》に住まないかって言ってるわけ」

ケヴィンの言葉の意味を理解するのに少しばかり時間を要したモリーの顔が、徐々《じょじょ》に朱《あか》く染まっていく。

「えええええええ!?」

まるでリリアーナのような反応をするモリーに、ケヴィンはお腹《なか》を抱《かか》えて笑ったのだった。

第7章　トーナメント戦、再開

「よ――――――うやくっ、モリーとケヴィンの恋《こい》が成就《じょうじゅ》しましたわ!!」

いつもの四阿《あずまや》で、ウィリアムを前にリリアーナが小躍《こおど》りしそうな勢いで叫《さけ》ぶ。

淑女《しゅくじょ》としては大変残念な姿ではあるが、奥庭《おくにわ》には信用出来る侍女《じじょ》（侍従《じじゅう》）と護衛の者以外は立ち入らないよう、ウィリアムが手配済みだ。

お陰《かげ》で普段《ふだん》はなかなか見られないリリアーナの可愛《かわい》らしい姿を目にすることが出来たと、大変ご満悦《まんえつ》である。

視界の端《はし》に映る、羞恥《しゅうち》に肩《かた》を震《ふる》わせて俯《うつむ》くモリーの姿は見なかったことにした。

あの日、ケヴィンの背中を押したというウィリアムとダニエルの話を聞いて、「よくやった」と言わんばかりに、それはもうリリアーナは称賛《しょうさん》した。

二人の後押《あとお》しがあったからこそ、関係が大きく変わる事態になったのだから、手放しで喜ぶのは当然だ。

「『モリーとケヴィンの恋を応援《おうえん》し隊』、成功ですわ～！」

と、その時もリリアーナは小躍りしそうな勢いで叫んでいた。

モリーに支えられて苦しいリハビリに耐《た》えたケヴィンの腕《うで》は、日常生活に支障がないくらいに回復している。『クルミコロコロ』の効果があったのか、驚異《きょうい》的な回復力を見せたのだ。

努力の甲斐《かい》あって以前の実力に近付いていく彼が、再度リリアーナの護衛に就《つ》く日はそう遠くない未来にきっと訪《おとず》れることだろう。

その時にはまた今のように可愛らしいリリアーナの姿を存分に堪能《たんのう》することが出来ると、ウィリアムは満足そうに一人頷《うなず》いた。

「リリー」

ウィリアムに名前を呼ばれ、リリアーナが振《ふ》り返《かえ》る。

「そろそろ中断していたトーナメント戦の詳細《しょうさい》を決めようと思う」

リリアーナが喜びに緩《ゆる》んだ顔を引《ひ》き締《し》めて椅子《いす》に腰《こし》を下ろそうとしたところ、ウィリアムがその手を引いた。

「ひゃっ！」

相変わらずおかしな叫び声を上げるリリアーナをポスッと膝《ひざ》の上に乗せると、一瞬《いっしゅん》驚《おどろ》いた表情を浮《う》かべるも、すぐに恥《は》ずかしそうにウィリアムをキッと睨《にら》み付《つ》けた。

「いきなり何をなさいますの⁉」

ムゥと頬《ほお》を膨《ふく》らませる姿もまた愛《いと》しいと、ウィリアムは感じる。

「リリーの席はここだろう？」

わざと彼女の耳元で囁《ささや》いてみれば、案の定顔を真っ赤に染めて、すぐ側《そば》の池にいる鯉《こい》のように口をパクパクと動かしている。

その可愛らしい姿に少しばかり悪戯心《いたずらごころ》が湧《わ》いて、テーブルの上にある菓子《かし》をリリアーナの口に押し込んでみた。

「ムグッ！」

モグモグと口内の菓子を咀嚼《そしゃく》し、何か言いたげにウィリアムをジト目で見る。

「ハハッ」

思わず笑い声を上げたウィリアムに腹を立てたリリアーナが、膝から下りようとするのを慌《あわ》てて止めた。

「いや、悪い悪い。ついリリーの反応が可愛くていたずらしてしまった」

「もう、可愛いと言えば何でも許されると思っていらっしゃいませんか？」

「そんなことはない。だが事実リリーが可愛いのだから仕方がない」

そんな風に言われては怒《おこ》るものも怒れないとばかりに、リリアーナは諦《あきら》めたように大人しくなった。

ウィリアムはホッと小さく息を吐《は》いてから話し始める。

「それで先程話したトーナメント戦の詳細についてだが、一からではなく前回の続きから行うつもりだ」

「前回の続きということは、ケヴィンの試合からということですか？」

「いや、ケヴィンの相手の騎士《きし》は退団しているので、その後の試合からだな。今回は不正を見逃《みのが》さないという反省の意思を込《こ》めて、審判《しんぱん》の数を倍に増やし、控室《ひかえしつ》にも監視《かんし》の者を配置することにする」

「観覧者ですが、すでに敗退した騎士の身内の方も観覧可能にされますか？　それとも……」

「いや、勝ち残った騎士の身内のみ観覧可能としよう」

「承知しました。では私は前回と同様にクーとベラ様と一緒《いっしょ》に……」

「いや、それなんだが。リリー、今度は私と一緒に観戦しないか？」

「ほえ？　ウィルと一緒に、ですか？」

「ああ、嫌《いや》か？」

不安そうに返事を待つウィリアムに、リリアーナは安心させるように優《やさ》しい笑《え》みを浮かべた。

「とんでもない。ぜひ一緒に観覧させてくださいませ」

「良かった。それと、リリー付きの男性騎士決めがまだ途中《とちゅう》だっただろう？」

「ええ。二名はチェックしましたが、必要な人数は三名～五名でしたわね？」

ウィリアムが頷く。

「リリーがチェックを入れた二名の調査は特に問題なかったから、あと一名～三名を決めなければならない」

「ウィルの目から見て、この者はと思う騎士はおりますか？」

「実は二名ほどいるのだが、それは試合の時に伝えるから、リリー的にアリかナシかを教えてほしい」

「ええ、分かりました。当日はよろしくお願いしますわね。……えい！」

リリアーナは無防備だったウィリアムの口に、仕返しとばかりにお菓子を詰《つ》め込んだ。


――トーナメント戦当日。

前回のトーナメント戦とは違《ちが》い、今回はウィリアムと一緒に王太子妃《ひ》としての観覧になるため、朝から準備に忙《いそが》しい。

「本日は少しばかり暑くなりそうですから、アン様新作のランブローグ王国産の薄手《うすで》の生《き》地《じ》を使ったこちらのドレスに致《いた》しましょう」

モリーが嬉々《きき》として選んだのは、つい先日届けられたばかりの新作デイドレスである。

「髪《かみ》はアップにして首元を涼《すず》しくして……」

楽しそうにブツブツと呟《つぶや》きながら準備するモリーの様子をリリアーナはのんびりと眺《なが》めていた。

夜用のパーティードレスと違い、コルセットをギチギチに締めることがない分気楽である。

今年の社交シーズンも終わりに近付き、リリアーナが出席予定の夜会はあと二回ほど。

それとは別に二カ月後には国王陛下生誕祭があり、そこで国王陛下より譲位《じょうい》を宣言され、来年ウィリアムが即位《そくい》することになる。

未《いま》だ自分がこの王国の王妃《おうひ》になるという実感が湧かないが、未来に向けて一つ一つ着実に進んでいるのは分かる。

薄《うす》く化粧《けしょう》を施《ほどこ》し、髪をアップにし、ドレスに合わせた帽子《ぼうし》を被《かぶ》って控《ひか》えめな宝石を身につける。これで準備完了《かんりょう》だ。

タイミングよくノックの音が室内に響《ひび》く。

「リリアーナ様、ウィリアム殿下《でんか》がいらっしゃいました」

「ええ、ありがとう」

礼を言って立ち上がり、振り返ればウィリアムがご機嫌《きげん》で自分を見ている。

「ウィル？　どうなさいました？」

「いや、私の奥さんは昼間の姿も可愛いと思ってね」

褒《ほ》められると嬉《うれ》しくも、少しばかり恥ずかしい。

「あ、ありがとうございます」

ウィリアムにエスコートされ、トーナメント戦が行われる訓練場へと向かう。

ちなみにペットの毛玉は部屋で留守番である。

置いていかれることが分かっているのか、不機嫌《ふきげん》な毛玉にはそっと好物のお菓子を差し入れしてきたので、これで機嫌を直してくれるといいのだが……。

「トーナメント戦の第一戦は三試合で終わって、この後は勝ち上がった十六名による第二戦八試合、そこで勝ち上がった八名による第三戦四試合というように第五戦の決勝まで続く。長丁場になるだろうから、リリーの好きな果実水を準備させてある。喉《のど》が渇《かわ》いたら遠《えん》慮《りょ》なく言ってくれ」

「ええ、ありがとうございます。ウィルも無理せず口にしてくださいませね」

「ああ、そうしよう」

訓練場に着くと、王太子夫妻用に用意された席へと案内される。

護衛にはティアとアンリの他、新たに任命されたセリーヌ・バセットとルルが本日より配置に就いていた。

「これからよろしくお願いしますわね」

リリアーナが振り返ってセリーヌ・バセットとルルにそう言えば、二人は嬉しそうに
「「はい」」と頭を下げる。

特にルルは王太子妃付きとなったことで給料が増え、実家に仕送りするお金を増やすことが出来ると喜んでいるらしい。

言わなければ給料が増えたことなど実家には分からないし、その分自分で使うことも出来るだろうにと、弟妹想《ていまいおも》いのルルの好感度はリリアーナの中で爆《ばく》上がり中である。

そうこうしているうちに、トーナメント戦が始まった。

「今のは短髪《たんぱつ》の騎士が斜《なな》め下から……」

ウィリアムがリリアーナに騎士達がどのような動きをしているのかを丁寧《ていねい》に説明してくれている。

「まあ、あの一瞬でそんな駆《か》け引きがありましたのね」

リリアーナは感心したようにホゥと息を吐いた。

「ここからが第二戦だが、気になる騎士はいたかい？」

これで中断される前のトーナメント戦と合わせて全員の試合を目にしたわけであるが、今日見た三試合の中でリリアーナが気になるような騎士はいなかった。

「いいえ、おりませんでしたわ。ですからウィルが良いと思う騎士が出られましたら、教

えてくださいませね」

「分かった」

二試合目でダニエルが勝利し、三試合目にはクロエから筋肉の布教活動をされていた令《れい》嬢《じょう》の婚約者《こんやくしゃ》が出てきた。彼の対戦相手が、ウィリアムの一人目のお勧《すす》め騎士らしい。

短く切られた髪はツンツンと立っており、切れ長の目は気の強さを表しているように見える。

婚約者の騎士ほどの筋肉はなく、いわゆる細マッチョというやつだ。

「若干《じゃっかん》自信過剰《かじょう》気味なところはあるが、腕はなかなかで案外単じゅ……コホン。素直《すなお》な弟分といった感じの奴《やつ》だな」

単純と言いかけたのを咳《せき》で誤魔化《ごまか》したウィリアムに、リリアーナが苦笑《くしょう》する。

パッと見た感じでは特に嫌悪《けんお》感など覚えることもなく、試合はウィリアムお勧めの騎士が勝利した。

四試合目はギルバートが勝利し、五試合目はリリアーナがチェックしていたひょろ長い騎士が勝利した。

六試合目でウィリアムの二人目のお勧め騎士が勝利したが、こちらは長い黒髪を後ろで一つに結び眼鏡をかけた、何とも真面目そうな騎士に見える。

「少しばかり腹黒いところがあるが、悪い奴ではない」

ウィリアムの言葉にリリアーナは何と答えたらよいか分からず、曖昧《あいまい》に笑った。

まあ第二王子《オースティン》や第三王子《ホセ》、それにイアンとエイデンと、リリアーナの周囲には腹黒い人物はそれなりにいるため、腹黒さに対しての忌避感《きひ》は特にない。

そして七試合目に登場したのは、ケヴィンである。

リハビリによって通常の生活は送れるようになり、剣《けん》の腕も大分戻《もど》ってきているらしいが、それでも心配そうに見守るリリアーナ。

大丈夫《だいじょうぶ》だと言うように、ウィリアムがリリアーナの手を握《にぎ》った。

場内の二人は剣を構え睨み合ったまま、互《たが》いの距離《きょり》感を測っている。

微《かす》かな風が二人の間を縫《ぬ》っていき、髪を揺《ゆ》らしたその瞬間《とき》――。

騎士の剣がヒュッという音を立てて空を切り、ケヴィンはその軌道《きどう》を予測しすぐさま後退する。

たった今目前を通過した切っ先は、ケヴィンの前髪《まえがみ》を数ミリほど切り落とした。

着地と同時にケヴィンが鋭《するど》い斬撃《ざんげき》を繰《く》り出《だ》せば、騎士は気合で受け切った。

間合いを取り合った二人は視線を合わせると口角を上げ、激しい打ち合いとなる。

そして――。

「ふぅ」と小さく息を吐いて控室に戻ろうと通路を歩く俺の後ろから、パタパタという足音が聞こえて振り返る。

「ケヴィン！　もう、あなた歩くのが速すぎなのよ」

軽く息を切らしたモリーが、逆切れしたように言い放った。

「えぇ？」

困ったような顔をした俺をモリーがジッと見つめる。

「な、何だよ」

モリーはフッと力を抜《ぬ》いたような緩い笑みを浮かべ、

「お疲《つか》れ様《さま》」

と言った。どうやらこれが言いたくて追いかけてきたらしい。

今の緩い笑みといい、随分《ずいぶん》とまたデレたものだと思いつつ、頬が緩んで口角が上がる。

「ああ、負けちまったけどな。ま、そもそも役職っていう柄《がら》じゃねえし」

正直言って負けたのは少々悔《くや》しい気もするが、まだリハビリ途中の俺がここまでやれたことに満足しているのも事実。自分の頑張《がんば》り次第《しだい》でまだまだ上を目指せる自信がついた。

けど、やっぱり悔しくてついつい強がりを言ってしまうのは仕方がないだろう。

「あなたなら、また昇進《しょうしん》の機会は来るわよ。リリアーナ様が、首が伸《の》びる前に戻ってくるようにと仰《おっしゃ》っていたわ」

「嬢《じょう》ちゃんは少しくらい首が伸びた方が背も高くなっていいんじゃね？」

モリーがジロリと睨んでくる。

こいつは嬢ちゃんのこととなると、本当に容赦《ようしゃ》がなくなるからな。

とはいえ、嬢ちゃんが俺の居場所を残してくれているというのは、純粋《じゅんすい》に嬉しいと思う。

一日も早く居心地《いごこち》の良いあの場所に戻れるように、精進《しょうじん》あるのみだ。


三戦、四戦と続き、ついに決勝戦となる五戦目となった。

勝ち上がったのはやはりというか、ダニエルとギルバートである。

「始め！」の声と共に攻撃《こうげき》を仕掛《しか》けたのはギルバートだった。

ダニエルは横薙《な》ぎの剣を飛《と》び退《の》いて躱《かわ》しつつ、反撃《はんげき》を試みる。

ギルバートは左から襲《おそ》い掛《か》かってくる剣を体を捩《ね》じることで回避《かいひ》し、その反動を利用してダニエルの無防備な左半身に剣を叩《たた》きつけようとした。

が、それに気付いたダニエルの剣に止められる。

ギルバートが「チッ」と舌打ちしながらも連続で突《つ》きを繰り出し、その全てをダニエルは避《よ》けきると最後に力業《ちからわざ》で剣を弾《はじ》き飛ばした。

静まり返った場内に「勝者、ダニエル」の声が響き渡《わた》る。

次の瞬間《しゅんかん》、張り詰めた空気は一瞬にして割れんばかりの歓声《かんせい》に変わり、拍手《はくしゅ》の渦《うず》がダニエルとギルバートの二人を呑《の》み込んでいった。

クロエとイザベラが観覧席で感動の涙《なみだ》を流し、観覧者達は興奮した様子で早速《さっそく》今の試合の感想を言い合っている。

トーナメント戦は想像以上の盛り上がりを見せた。


ついに、全ての審査《しんさ》を終えて次期近衛《このえ》騎士団長、副団長が決定した。

現近衛騎士団長ルーカスとウィリアムが、訓練場の中央に歩み出る。

観客席も近衛騎士達も皆《みな》、緊張《きんちょう》に包まれた。

まずはルーカスが声を張り上げ、感謝の意を述べると共に騎士らを労《ねぎら》う。

「ご観覧の皆様、トーナメント一戦目、そして再開となった本日まで出場者をお見守り頂き、ありがとうございました。そしてここにいる近衛達、本当によくやった。お疲れ様！

お前らの本気が見られて嬉しかった。これで心置きなく、俺は団長を引退出来る。未来の近衛騎士団を、お前達に任せたぞ！」

そう言ってルーカスがニカッと笑うと、温かな拍手が会場中に沸《わ》き起《お》こった。

居並ぶ近衛達の中には感極《かんきわ》まって涙を流したり、寂《さび》しさを堪《こら》えたりしている姿も多く見える。

ルーカスはかなり厳しい団長ではあったが、他国にも轟《とどろ》くほどの圧倒的《あっとうてき》な強さを持ち、長年近衛を導いてくれた団員の頼《たの》もしい父的存在だったため、大変慕《した》われている。

そんな彼が本当に引退するのだと、近衛らも今になって実感が湧いてきたのだろう。

ウィリアムは副団長を辞《や》めても、そもそも近衛が護《まも》る対象としてこれからも日々共にいることになるが、ルーカスの方は団長を辞めたらもう毎日会うことは出来なくなってしまう。

それがより、近衛達の寂しさを増しているのだ。

ダニエルも何かを堪えるように、俯いている。

拍手が落ち着くと、ルーカスはウィリアムに顔を向け、頷いた。

「それでは、次期近衛団長と副団長を発表する」

一歩前に出て、ウィリアムが告げた。

「これまでの試合と、騎士としての誠実さや自制心、その他諸々《たもろもろ》を選考した結果……。団長はダニエルに、副団長はギルバートに就いてもらうこととする」

ウィリアムの言葉に誰《だれ》もが異論はないと言うかのように、拍手の音が場内を埋《う》め尽《つ》くす。

元団長となったルーカスと、新たに団長となったダニエルが固い握手《あくしゅ》を交《か》わす。

「……立派になったな」

感慨深《かんがいぶか》げにそう言ったルーカスに、ダニエルは照れたように笑って「まあな」と返した。

その隣《となり》で元副団長のウィリアムと新たな副団長のギルバートが握手を交わしている。

「これからはダニエルのサポートを頼む」

ウィリアムの言葉にギルバートはニヤリと笑い、

「九時五時の間ならば。約束通り、残業はしませんよ」

と返した。

そうは言いながらも、ギルバートならば全力でサポートするだろうことが容易に想像出来る。

そこは素直に分かったとひと言言えばいいものを、わざわざ憎《にく》まれ口《ぐち》を利《き》くギルバートにウィリアムはやれやれといったように肩を竦《すく》めた。

雲一つない青空のもと、騎士叙任式《きしじょにんしき》が執《と》り行《おこな》われようとしていた。

今回叙任されるのは近衛騎士団長となるダニエル、副団長となるギルバート、そしてリリアーナの女性護衛騎士となるセリーヌとルルの四名。

なお、リリアーナ付きの近衛（男性）は開催《かいさい》を公表せず内々に選考を行っていたため、後日内示を出して本人の承諾《しょうだく》を得たら本採用となることに決まっている。

別室で待機する中で唯一《ゆいいつ》の平民であるルルは、これ以上ないほどに緊張していた。

「大丈夫か？　アレ」

呆《あき》れたようにルルを指差すギルバートに、ダニエルが苦笑する。

ルルの隣では一生懸命《いっしょうけんめい》に彼女の緊張を少しでもほぐそうとセリーヌが世話を焼いているが、残念ながら功を奏していないようである。

「平民出の彼女が貴族に囲まれた中で叙任式を行うんだ。緊張するなっていう方が無理だろ」

「おいおい、それを言うなら俺らも一応貴族なんだが？」

ギルバートの言葉が耳に届いたのか、ルルがビクリと肩を震わせた。

「あのなぁ……」

ダニエルがジト目でギルバートを見れば、彼はやれやれとばかりにルルに話し掛ける。

「君が叙任されるのは一番最後だ。前の私達を見て真似《まね》すればいい。言葉にするのは『誓《ちか》います』のひと言だけだ。簡単だろう？」

「ううう、簡単じゃないですよう。緊張で手が震えて、剣を落としたらどうしようって、そんなことばっかり考えてしまって……」

「落としたらしれっと拾えばいいだろうが、そんなもん」

どうでもよさそうにというか、何とも適当な答えを口にするギルバートにルルが驚きの声を上げる。

「ええぇぇぇぇ!?」

ギルバートは耳を押さえて嫌そうに顔を顰《しか》めた後、小さく息を吐いた。

「手の震え、止まっただろう？」

「……あ、本当だ！　止まってます！」

「あれだけ腹からデカい声を出せば、緊張なんてどこかにいくもんだ」

年の功というのか、何でもないことのように助けてくれた（？）ギルバートを、ルルが瞳《ひとみ》をキラキラさせて凝視《ぎょうし》する。

その姿がまるでご主人様の前でお座りをしている犬のようで、ダニエルとセリーヌが笑いを堪えて体をプルプルと震わせている。

「懐《なつ》かれたな」

ダニエルがギルバートの肩にポンと手を置くも、未だ笑いが収まらないのか、その手が若干震えているように思うのは気のせいではないだろう。

「皆様、準備が整いましたのでこれより会場へご案内致します」

迎《むか》えが来たことで、待機していた四人は表情を引き締めて別室を後にした。

「これより騎士叙任式を行う。ダニエル・マーティン、前へ」

「はっ」

太陽の光が降り注ぎ、貴族らが見守る静謐《せいひつ》な場で、騎士叙任式が始まった。

ダニエルはウィリアムの前に跪《ひざまず》くと腰の剣を抜き、ウィリアムへ差し出す。

ウィリアムは剣を受け取るとダニエルの肩に剣の腹を置いた。

その瞬間、会場のざわめきは消えて静寂《せいじゃく》が包み込む。

ウィリアムが低めの良く通る声で口上を述べる。

「ダニエル・マーティン。汝《なんじ》、ここに騎士としての誓約《せいやく》を立て、我が騎士としてその忠誠を永劫《えいごう》に大いなる正義のため、剣となり盾《たて》となることを誓うか」

「誓います」

「ウィリアム・ザヴァンニの名において、汝ダニエル・マーティンを近衛騎士団団長として認める」

ダニエルは剣をウィリアムから受け取り、立ち上がって腰に差す。

「ギルバート・クラリス、前へ」

「はっ」

ギルバートが前に出て跪き、腰から抜いた剣をウィリアムへと差し出した。

「ギルバート・クラリス。汝、ここに騎士としての誓約を立て、我が騎士としてその忠誠を永劫に大いなる正義のため、剣となり盾となることを誓うか」

「誓います」

「ウィリアム・ザヴァンニの名において、汝ギルバート・クラリスを近衛騎士団副団長として認める」

ギルバートは剣をウィリアムから受け取り、立ち上がって腰に差すと一歩下がってダニエルの横に並ぶ。

ウィリアムはそれを見送ると、リリアーナに視線を向け、頷いた。

「セリーヌ・バセット、前へ」

「はっ」

セリーヌが前に出て跪き、腰から抜いた剣をリリアーナへと差し出した。

女性護衛騎士には、主《あるじ》となるリリアーナが叙任式を行う。

リリアーナは剣を受け取るとセリーヌの肩に剣の腹を置き、口上を述べる。

「セリーヌ・バセット。汝、ここに騎士としての誓約を立て、我が騎士としてその忠誠を

永劫に大いなる正義のため、剣となり盾となることを誓いますか」

「誓います」

セリーヌは真っすぐにリリアーナを見つめて答えた。

「リリアーナ・ザヴァンニの名において、汝セリーヌ・バセットを我が騎士として認めます」

セリーヌは剣をリリアーナから受け取り、一歩下がってギルバートの横に並ぶ。

「ルル、前へ」

「はっ」

ルルが前に出て跪き、腰から抜いた剣をリリアーナへと差し出した。

ギルバートのお陰か、手の震えもなく剣を落とすこともない。

「ルル。汝、ここに騎士としての誓約を立て、我が騎士としてその忠誠を永劫に大いなる正義のため、剣となり盾となることを誓いますか」

「誓います」

「リリアーナ・ザヴァンニの名において、汝ルルを我が騎士として認めます」

ルルは剣をリリアーナから受け取るとセリーヌの横に並ぶ。

それを見て、リリアーナは微笑《ほほえ》みを零《こぼ》した。

今回叙任された四名が横一列になると、会場内に割れんばかりの拍手の音が鳴《な》り響く。

これにて無事、騎士叙任式は終了《しゅうりょう》した。


夕食の席で国王陛下が静かに口を開く。

「オースティンとユリエル嬢の挙式の日が決まった」

国王陛下の隣で嬉しさを隠《かく》せずに微笑むソフィア王妃と、やっと決まったのかと言いたげなホセ。

ウィリアムは自分のせいでオースティンの結婚《けっこん》が延びまくっていたことを知っているだけに、申し訳ない気持ちと嬉しい気持ちが綯《な》い交《ま》ぜになった複雑な表情を浮かべている。

「まあ、おめでとうございます」

「ありがとうございます」

リリアーナのお祝いの言葉にオースティンは満面の笑みで返した。

「結婚と同時に叙爵《じょしゃく》し、オースティンは新公爵《こうしゃく》となる」

国王陛下の言葉にウィリアムが頷く。

「先日のトーナメント戦の結果により、今後はダニエルが近衛騎士団長を引き継《つ》ぐことになりました。引き続き私の補佐をしてもらうつもりですが、今までのように全面的なものは無理でしょう。ですから今後はメインの補佐をオースティンに行ってもらうつもりでいます」

「そうかそうか。ウィリアムも譲位に向けて着実に準備を進めているのだな。今後は兄弟で力を合わせて公務に励《はげ》むといい」

国王陛下は満足そうにウンウンと頷き、ソフィアも微笑みを浮かべて立派に成長した息子《むすこ》達に喜んでいる。

だが次に国王陛下の口から紡《つむ》がれた言葉に、その微笑みは憂《うれ》いを帯びた複雑なものへと変わった。

「ホセとランブローグ王国王女の婚約は間もなく締結《ていけつ》される。オースティンの挙式後にあちらに向かうことになるだろう」

ランブローグ王国へはベルーノ王国の港から船で向かわなければならず、そこまで遠い国ではないが、そうそう簡単に行き来出来るものでもない。

「寂しくなりますわね」

思わずリリアーナの口から漏《も》れ出た言葉に、ホセが意外そうな顔をしてこちらに目を向けた。

「君の口からそんな言葉が出てくるなんて、槍《やり》でも降るんじゃない？」

「ホセ、今すぐその口を閉じなければ、お前の体から剣が生えることになるぞ」

ウィリアムが背筋が寒くなるような笑顔《えがお》で本気とも冗談《じょうだん》ともつかない恐《おそ》ろしいことを口にする。

「……全く、あれほど余計なことは言わない方がいいと言ったのに」

オースティンが呆れたように呟く。

そんなやり取りを目にしたリリアーナが、

「兄弟仲がよろしくて良かったですわ」

と何やら勘違《かんちが》いな笑みを浮かべるのを見た兄弟達が揃《そろ》って小さく息を吐いた。


目覚めると一番に目に飛び込んでくるのはシーツの波と立派な腕、そして背中に感じるウィリアムの体温。

ウィリアムに腕枕《うでまくら》され、後ろから抱《だ》き締められているこの状態で目覚める朝に、ようやく慣れてきた今日この頃《ごろ》。

「リリー、おはよう」

寝起《ねお》きのいつもより少し掠《かす》れた低い声に、リリアーナは「うんしょ」と体の向きを変える。

「おはようございます」

向き合ったリリアーナの額に、頬に、鼻の頭に、ウィリアムの口付けが下りてくる。

そしてギュウッと抱き締められるところまでがワンセットであり、モリーが朝の準備に来るまでその腕が外されることはない。

少しして扉《とびら》がノックされると、ウィリアムは名残惜《なごりお》しそうにリリアーナから腕を外し、二人はゆっくりと起き上がる。

「おはようございます。本日は朝から大変忙しい一日になりますので、覚悟《かくご》してくださいね」

モリーの言葉にリリアーナは軽く顔を引き攣《つ》らせた。

本日行われる夜会はノートン侯爵家《こうしゃくけ》主催《しゅさい》のものであり、オースティンの婚約者ユリエルの実家である。

今シーズン最後の夜会とあって、モリーの気合の入れようはすごかった。

着替《きが》えてウィリアムの部屋で一緒に朝食をとった後、風呂《ふろ》で全身ピカピカに磨《みが》かれ、特別な香油《こうゆ》を使ったマッサージの施術《しじゅつ》が始まる。

その後は簡単な昼食をとり、手足のネイルを行うのだが。

「モリー、マニキュアは仕方ないとして、ペディキュアは必要ありますの？」

以前モリーに「グローブをするのにマニキュアは要《い》らないのでは？」と訊《たず》ねたことがあ

ったのだが、その時は見えない部分にも気を使うことこそ真のお洒落《しゃれ》だとか何とか言われたことを覚えていたリリアーナは、恐る恐る聞いてみる。

どうせ靴《くつ》を履《は》いてしまえば見えないのだから、とリリアーナは思うのだが。

モリーは目の奥が笑っていない笑みを浮かべて答えた。

「リリアーナ様？　見えない部分にも気を使ってこそ、お洒落上級者と言えるのですよ？　今まではソフィア王妃殿下《おうひでんか》が流行を生み出しておられましたが、今後は次期王妃となられるリリアーナ様がそれを行うのです。まさかとは思いますが、面倒《めんどう》くさいなどと思っては……」

「そそそ、そんなことは思っておりませんわ」

リリアーナは挙動不審《ふしん》にツイと視線を逸《そ》らす。

モリーはやれやれとばかりに「ふぅ」と溜息《ためいき》をついた。

マニキュアが終わるとヘアメイク、そして最後にコルセットをつけてドレスを着用すれば完成である。

コルセット着用時間を出来るだけ減らしたいというリリアーナの要望に応えた結果、この順番で支度《したく》することになったのだ。

今回のドレスはマーメイドラインの、ワンショルダーグラデーションドレスである。

夕暮れ時の夜空のような青から裾《すそ》へいくほど淡《あわ》いピンクへと変わっていく、可愛らしいものだが、体のラインが出る分しっかりとコルセットを締めなければならない。

コルセットは一気に締め上げると体に悪いため、二時間ほど時間を掛けて徐々《じょじょ》に締め上げていく。

「もう帰りたいですわ……」

リリアーナが泣きごとを言えば、モリーがすかさずツッコミを入れる。

「まだ行ってもいません！」

このやり取りも皆慣れたもので、侍女達は上手にスルーしている。

ようやくコルセットを締め終わり、ドレスを着用し、顔色を良くするために頬紅《ほおべに》を追加させたら出来上がり。

ウィリアムと夜会会場のノートン家へ向かう前に、新しくリリアーナの護衛に任命された男性騎士四名と対面した。もちろんケヴィンもいる。

彼らは馬車止まりの手前で待機しており、一人ずつ簡単な自己紹介《しょうかい》をしてもらう。

長い黒髪を後ろで一つに結び眼鏡をかけた、真面目そうな腹黒騎士である彼が。

「ランヴェルト・フィリップスと申します」

細マッチョで単純素直な弟分の彼が。

「サミュエル・ゼルディアアです」

ひょろ長い彼が。

「アレックス、平民です」

小柄《こがら》で少年のような体躯《たいく》の彼が。

「セリオ、平民です」

ランヴェルトが名前だけしか言わなかったため、他の皆も名前だけで自己紹介が終わってしまった。

「リリアーナ・ザヴァンニですわ。皆様、これからよろしくお願いしますわね」

リリアーナが全員に目を向けて微笑みかけると、

「嬢ちゃんの護衛は大変だから、覚悟しとけよ〜」

とケヴィンが茶々を入れてくる。

そう、ケヴィンはあれから無事にリリアーナの護衛騎士に復帰したのだ。

まだ万全《ばんぜん》の状態とまではいかないが、仕事が出来るくらいには回復している。

見送りに来ているモリーが、

「余計なことは言わないの！」

とケヴィンの左足を踏《ふ》みつけた。

新しい護衛騎士達は目を丸くしている。

「痛《い》ってぇぇ」

「自業自得《じごうじとく》よ」

何だかんだうまくいっているような二人に、ウィリアムとリリアーナは顔を見合わせて笑った。

時間もあまりないため、顔合わせはこれくらいにということでウィリアムのエスコートの下、馬車へ乗り込む。

扉が閉まると当たり前のようにリリアーナはウィリアムの膝の上に乗せられた。

「あまりギュッと抱き締めるとドレスに皺《しわ》が寄ると言ってモリーに怒られるからな」

ウィリアムが少しばかり残念そうに言うのを、リリアーナが楽しげに笑う。

「そういえば、以前はよく怒られておりましたわね。最近はウィルがモリーの言葉を守ってくださるので、彼女の心配そうな顔を目にするのが少なくなりましたわ」

「なに、夜会の前に抱き締めると怒られるのなら、夜会の後に抱き締めればいいだけのことだからな」

「そういう問題ですの？」

「そういう問題だ」

子どものようなウィリアムに、リリアーナが堪えられずに噴《ふ》き出した。

目的地に到着《とうちゃく》した馬車がゆっくりと停《と》まった。

ノートン侯爵邸《てい》は落ち着いた風情《ふぜい》のある邸宅《ていたく》として有名である。

「リリー、足元に気を付けて」

先に降りたウィリアムが、手を差し伸べてくれる。

「ありがとうございます」

馬車止まりで待機していたノートン家の家令が、ウィリアムとリリアーナをホールへと案内した。

「ユリエル様にお会いするのは久しぶりですわ。お変わりないかしら？」

家令は優しい笑みを浮かべて答える。

「お嬢様《じょうさま》は来年の結婚式《けっこんしき》に向けてお忙しくされてはおりますが、元気でいらっしゃいます。本日は王太子ご夫妻にお会い出来ることを、とても楽しみにしておられました」

「私もですわ」

手入れの行き届いた庭を横目に、ホールへと到着する。

まずは本日の夜会の主催者である、ノートン侯爵夫妻の元へ。

「本日は我が侯爵家主催の夜会にご出席頂き、ありがとうございます」

優しげなノートン侯爵と、おっとりとした感じの夫人である。

「やあ、兄上」

オースティンがユリエルをエスコートしながらこちらにやって来る。

こうして見ると、ユリエルは夫人似なのだろう。

「ユリエル様、お久しぶりですわね。お会い出来るのを楽しみにしておりましたのよ？」

「ええ、私もお会い出来るのを楽しみにしておりました。先日は新婚《しんこん》旅行のお土産《みやげ》を送って頂き、ありがとうございました」

ユリエルがふわりと笑う姿を、オースティンが目尻《めじり》を下げて見つめている。

「来年の結婚式ですが、ドレスはやはりオースティン様が手配なさいますの？」

「そのつもりでいるが」

「あの、出来ましたら前夜祭か晩餐《ばんさん》会のドレスを、ソフィア様がデザインするのはダメでしょうか？」

以前ソフィアがユリエルのドレスのデザインは全てオースティンがしており、一着もデザインさせてもらったことがないと嘆《なげ》いていたのだ。

黙《だま》り込んでしまったオースティン。

自分以外の者がユリエルのドレスをデザインするのは、余程《よほど》嫌なのだろう。

「あの、無理にとは申しませんので……」

申し訳なく思ったリリアーナの言葉を遮《さえぎ》るように、ウィリアムが援護射撃《えんごしゃげき》とばかりにオースティンにとって恐ろしい言葉を吐いた。

「ここでガス抜きをしておかないと、今度は孫が出来た時に大変だと思うがな」

「え？」

『微笑みの王子様』と言われるオースティンの顔が、一瞬だけ歪《ゆが》む。

「私がリリーの結婚式の時も、普段も、ある程度母上にデザインを任せているのは、母上のうっ憤《ぷん》が溜《た》まらないようにと考えてだ。どうしても譲《ゆず》れないと思うもの以外は、たまには任せてもいいんじゃないか？」

ウィリアムはそう言ってオースティンの肩をポンと叩くと、リリアーナを連れて後方でこちらの話が終わるのを待っている貴族達との挨拶《あいさつ》を再開させた。

ウィリアムの言う通りソフィアにガス抜きをさせるのか、それとも今まで通りに全て自分がデザインするのか。それを決めるのはオースティンだ。

主要な貴族達との挨拶を終え、人心地《ひとごこち》ついたウィリアムとリリアーナはシャンパンで喉を潤《うるお》すとダンスホールへ向かう。

天井《てんじょう》からキラキラと光を放つシャンデリアが視界に映る。

「二カ月後にある生誕祭は除いて、今シーズンの夜会も今日で最後だ。今年も無事社交を終えることが出来てホッとするな」

「ええ。生誕祭では何かと忙しいでしょうし、こうしてダンスを楽しむことなど出来ませんわね」

「その分今日は二人でこの時間を満喫《まんきつ》しよう」

「うふふ、何曲踊《おど》れますかしら？」

「リリー次第だな」

「あら、もしかしたら私よりウィルの方が先に疲れてしまうかもしれませんわよ？」

「ほう、では試《ため》してみるとしようか？」

「ええ、負けませんわ！」

ふんすと鼻息荒《あら》く宣言するリリアーナだが、当然の如《ごと》く先にダウンして衆人環視《かんし》の中、ウィリアムに横抱《お姫様抱っこ》きされて夜会を後にする羽目になるのだが……。

「私ってば、何であんなにムキになってしまいましたの――？」

後悔《こうかい》先に立たずである。

FIN

番外編　初恋（未満）は実らないらしい

リリアーナとウィリアムが新婚《しんこん》旅行から帰ってくる途中《とちゅう》、ヴィリアーズ邸《てい》に寄った日より少し前のこと――。

ヴィリアーズ伯爵家《はくしゃくけ》長男のイアンは本邸《カントリーハウス》にて父オリバーより領地運営を学んでおり、次男であるエイデンは一人王都のタウンハウスから学園に通っている。

なかなかに恵《めぐ》まれた容姿で成績優秀《ゆうしゅう》、そして王太子妃《ひ》の弟であるエイデンは次期当主である兄《イアン》ほどではないが、とにかくモテた。

跡継《あとつ》ぎとなる男子のいない家の令嬢《れいじょう》達へぜひ婿養子《むこようし》にと、本邸には釣書《つりが》きが大量に送られてきているらしい。

……直接見ていないから知らないが。

次男であるエイデンには継《つ》ぐ爵位《しゃくい》がないため、どこかの家に婿入《むこい》りしなければ貴族ではいられない。

エイデンと同じような立場の者からすれば、選び放題な彼はとても恵まれた状況《じょうきょう》だと思うだろう。

両親からは兄の時と同様に、一定期間中に相手が見つからなければ、しかるべき相手を決めると言われている。

なるべく早い段階で、誰《だれ》か一人を選んで婚約《こんやく》を結ぶのがいいということは分かっているが、釣書きを送ってきた令嬢達は揃《そろ》いも揃って『肉食系令嬢』だったのだ。

兄が夜会の度《たび》に令嬢達に囲まれて「夜会は令嬢達による狩場《かりば》だ」とゲッソリしている姿を見てきたエイデンとしては、ぜひとも草食系な令嬢とお知り合いになりたいところである。

そんなわけで、今のところは丁重《ていちょう》にお断りさせて頂いているのだが――。

ならば学園にいる間にエイデンを落としてしまおう、と令嬢達があの手この手でアピールしてくるのにはウンザリしてしまう。

「世の中のイケメン死ねって思ってたけどさ、モテるのも辛《つら》いんだって、お前《エイデン》と友達付き合いするようになって知ったんだよな、俺」

中等部の時からの縁《えん》で、仲の良い友人の一人であるクライスト伯爵家三男のライモンドが、気の毒そうな目でエイデンを見て言った。

チョコレートのような色味の短い髪《かみ》に同色の瞳《ひとみ》を持つ彼は、平々凡々《へいへいぼんぼん》のひと言で表せる容姿ではあるが、笑った時に出来るえくぼと八重歯が彼の魅力《みりょく》を少しばかり引き上げている。

ちなみにライモンドは、隣接《りんせつ》している領地のレイノルズ子爵《ししゃく》家長女（十五歳）と数カ月前に婚約しており、彼女が学園卒業後に結婚式《けっこんしき》を挙げる予定だそうだ。

「これってさ、きっとお前に婚約者が出来るまで続くんだろうな」

ライモンドの予言とも言えそうな恐《おそ》ろしい言葉に、エイデンの目が死んだ魚のようになったのは、言うまでもない。


「……ここまで来れば、もう大丈夫《だいじょうぶ》かな」

振《ふ》り返《かえ》って令嬢達の姿が見えないことに、安堵《あんど》の息を吐《は》く。

ライモンドの言う通りというか何というか、令嬢達による過度なスキンシップやらストーキングやらから、エイデンは全力で逃《に》げる日々を送っていた。

リリアーナから『人目が少なくゆっくり出来る場所』として聞いていた裏庭にある四阿《あずまや》は、今ではエイデンのお気に入りの場所となっていたのだが……。

近くまで来た時、先客がいることに気付いてつい舌打ちする。

自分以外にも四阿《ここ》を利用する者がいるならば、この逃げ場も今後は使えなくなる。

他に令嬢達から逃げられる場所を早急《さっきゅう》に探さなければと、エイデンは肩《かた》を落として嘆《たん》息《そく》しつつ、引き返そうと一歩を踏《ふ》み出《だ》して——。

うっかり枯《か》れ枝《えだ》を踏んで、パキッという音を立ててしまった。

「誰っ⁉」

先客の令嬢が勢いよく振り返る。

同級生の顔を全員覚えているエイデンが初めて見る顔ということは、彼女と自分は学年が違《ちが》うのだろう。

必要最低限の夜会にしか顔を出さず、しかも挨拶《あいさつ》を済ませたらすぐに帰るか目立たぬように姿を隠《かく》しているので、令嬢達との交流はほぼないのだ。

視線の先にいる彼女のほんの少し吊《つ》り上《あ》がり気味の碧《あお》い瞳には涙《なみだ》が浮《う》かんでおり、どうやら一人で泣いていたらしい。

何とも面倒《めんどう》なところに出くわしてしまったようだと、エイデンは涙目の彼女に気付かれぬよう溜息《ためいき》をつく。

「な、何よ。あなたも私のことを笑いに来たの？」

「はあ？」

意味の分からないことを言われて思わず顔を顰《しか》めてしまったのは、不可抗力《ふかこうりょく》だ。

「ち、違うの？」

エイデンの不機嫌《ふきげん》そうな声と表情に、ビクッと肩を揺《ゆ》らして不安そうな顔でジッと見つめてくる彼女に、今度は盛大《せいだい》に溜息をついた。

「笑うも何も、そもそも僕は君のことを知らないんだけど？」

「ご、ごめんなさい」

意外にも素直《すなお》に謝罪の言葉を口にした彼女に、エイデンは少しばかり強く言いすぎたかもしれないと反省する。

「いや、僕も言いすぎた」

とはいえ。

面倒事に自分から首を突《つ》っ込むようなことをするつもりは全くないため、エイデンは早々にこの場を去る選択《せんたく》をし、くるりと向きを変えて歩きだした。


「……また君か」

翌日、裏庭の四阿に代わる場所として選んだ外階段の踊《おど》り場で、またもや一人で泣いている彼女を見つけたエイデンはガックリと肩を落とした。

「な、何で……」

驚《おどろ》きに目を見開いた彼女だったが、エイデンは心の中で『それはこちらの台詞《せりふ》だ』と盛大に舌打ちする。

「君があの四阿を使うと思ったからわざわざここに来たっていうのに……。使わないなら僕があっちに戻《もど》るとするよ」

暗に四阿は自分が使うから戻ってくるなよと言っているわけだが、エイデンは彼女が返事をする前に立ち去ったため、正しくそれを理解したかどうかは不明である。

これでエイデンと彼女の関わりはキレイさっぱりなくなったはずだったのだが——。

週末に街へ本を買いに出掛《でか》けた時、たまたま彼女が何やら男女二人と揉《も》めているらしいところに出くわした。

といっても、幸いにも彼女とは少し距離《きょり》があり、あちらはエイデンに気付いていないようである。

柔《やわ》らかそうなくせ毛に少したれ気味の目をした男はなかなか整った容姿をしており、隣《となり》に頭の軽そうなどこかの令嬢をはべらせている。

男に何か言われたのか、彼女が悔《くや》しげに唇《くちびる》を噛《か》んで俯《うつむ》く横を、二人が楽しそうに笑い合いながら腕《うで》を組んで通り過ぎていった。

彼女の涙の原因はこれか？　と思いながらも、自分には関係ないしこの手の問題に関わるとろくなことにならないだろうと、その場を離《はな》れようとしたものの。

未《いま》だ俯きながらその場から動けないでいる彼女の姿に、エイデンは大きく息を吐くと仕方なしに彼女の元に向かう。

「いつまでそうしているつもり？」

「え？」

不機嫌そうに眉《まゆ》を顰《ひそ》めて言うエイデンに、彼女はゆっくりと顔を上げて驚きに目を見開いた。

「あなた……」

「こんなところにいつまでも突っ立っていたら、通行の邪魔《じゃま》だから。とりあえずついてきて」

くるりと向きを変えて歩き始めるエイデンを、彼女は呆然《ぼうぜん》と見つめている。

エイデンは立ち止まって振り返ると、いつまでも立ち尽《つ》くす彼女に少しだけ強く言い直した。

「ほら、さっさとついてくる！」

「は、はい！」

慌《あわ》てたようにエイデンの元に向かってくるのを確認《かくにん》し、彼女がついてこられるようにペースを落として再び歩きだす。

数分で到着《とうちゃく》したそこは小洒落《こじゃれ》たカフェで、お昼にはまだ少し早い時間なためか、すぐに希望した個室へと案内される。

「座ったら？」

エイデンを警戒《けいかい》しているのか、扉《とびら》の近くに立ったままの彼女にそう告げると、視線をあちらこちらにさ迷わせながら席に座った。

「僕は第二学年のエイデン・ヴィリアーズ。君は？」

「……第三学年の、レイラ・ロックウェル、です」

やはり学年が違ったようだ。

しかも彼女の方が一つとはいえ年上らしい。

とりあえず飲み物と簡単な焼き菓子《がし》を注文する。

少しして、テーブルの上には注文した焼き菓子と紅茶が並べられ、

「何かございましたら、そちらのベルを鳴らしてお呼びください」

と従業員が部屋を出ていった。

「食べたら送っていくよ」

「え？」

驚いた顔をする彼女にエイデンが少しだけムッとした顔で聞いた。

「何？　僕が女性を放置して自分だけ帰るようなクズな男だと思ったわけ？」

「い、いいえ。そういうわけでは……」

二人の間に沈黙《ちんもく》が流れる。

彼女が恐る恐るといったように口を開いた。

「あの、女性は常に美しくあらねばならないのでしょうか……？」

「は？　いきなり何？　何でそう思うの？」

「その、私には、幼なじみの婚約者がいるのですが……」

「ああ、さっきの奴《やつ》は君の婚約者だったんだ」

「……やはり見ていらしたのですね。お恥《は》ずかしいところをお見せしてしまいました」

「別に。たまたま見てしまっただけで、君が謝るようなことじゃない」

ああ、やっぱり面倒なことになったと心の中で思うエイデンとは逆に、レイラの顔が申し訳なさそうなものからホッとしたものへと変わる。

そしてポツリポツリと話しだした。

「小さな頃《ころ》はそれなりに良い関係を築けていたと思います。ですが学園に入ると新たに出来た友人達の影響《えいきょう》を受けて、彼からは田舎《いなか》の素朴《そぼく》さが消え、どんどん王都に染まっていきました」

「まあ、よくある話だな」

「ええ。田舎では自身の外見には無頓着《むとんちゃく》だった彼が、王都でも通じる恵まれた容姿だと気付いて浮かれたのでしょう。まあ、あなたほどの容姿ではないですが」

「そりゃどうも」

「……」

エイデンのどうでも良さげな返事に一瞬《いっしゅん》口を噤《つぐ》むも、彼女は気を取り直したように話を続ける。

「王都の美しく着飾《きかざ》った令嬢達に囲まれるようになった彼は、彼女達と私を比較《ひかく》し、彼女達のように美しくなるために努力をするべきだと……」

「ふ〜ん。田舎者が王都で便利さや華《はな》やかさを享受《きょうじゅ》して、それに見合う自分に生まれ変わったと思い違いをしている状態ってわけか」

レイラはエイデンの辛辣《しんらつ》な物言いに目を丸くするも、その的を射た言葉に思わず頷《うなず》いた。

「で？」

で？　と言われてレイラは小首を傾《かし》げる。

「君はそれを僕に聞かせて、どうしろと？」

「どうしろと、と言われましても……」

　きっと誰かに胸の内を聞いてほしかったのだろうが、彼女はその後のことは何も考えていなかったらしい。

　困ったように眉を下げるだけだった。

「その後は僕の馬車で彼女を送って、それで終わりと思ったんだけどさ」

エイデンが盛大な溜息をついた。

その姿をライモンドが面白《おもしろ》そうに見ている。

「で、なぜか彼女の相談係になっていた、と」

「いや、相談係じゃなくて一方的に愚痴《ぐち》を聞かされて、僕が時々それにツッコミを入れるだけ……って、他人事《ひとごと》だと思っているだろう？」

「他人事だからな」

ライモンドがニヤリと笑い、それを見たエイデンがガックリと肩を落とした。

「まあ、冗談《じょうだん》はここまでにして。あの二人の話は結構有名というか、不仲な婚約者ってよく耳にするけど、知らなかったのか？」

「学年が違うのに、何でライは知っているんだよ」

拗《す》ねた様子のエイデンにライモンドが苦笑《くしょう》を浮かべた。

「俺は三男だからさ。貴族でいるためには騎士《きし》として活躍《かつやく》して騎士爵を賜《たまわ》るか、嫡男《ちゃくなん》のいない家に婿養子に入るかの二択《にたく》って言っても、騎士としての才能はからっきしだったからな。夜会に参加する前に一応、俺でも婿養子に入れるような家はどこかって調べたんだよ。だからある程度の令嬢の顔は知ってるのさ。まあ運良くというか、婚約者の家から話をもらって今に至るわけだが」

チラリとエイデンに視線を向けて、

「お前は夜会に出ても令嬢とは極力会話しないし、そういった話に興味なくて聞いてないだろ？」

「う、それを言われると……」

「夜会は情報収集の場でもあるんだぞ？」

「う〜ん、分かってはいるんだけどさ」

ライモンドは仕方がないとでもいうように小さく息を吐き出した。

「今後はそういう情報も一応聞いておいた方がいいぞ。ていうか、仕方ないから俺が教えてやるよ。全部鵜呑《うの》みにするのは危険だけどな」

「助かる」

ホッとしつつ、心の底からライモンドへ感謝していると、彼の口からとんでもない言葉が飛び出てくる。

「で？　彼女に惚《ほ》れたとか？」

「はい？　何でそうなる？」

「だってさ、今までのお前だったら、リリアーナ妃以外に女性と会話しようなんてことなかっただろ？」

「あれは会話じゃなくて一方的に愚痴を聞かされてる……」

「そうじゃなくて。そもそもその愚痴に付き合う義理なんてないんだからさ、その時点で他の令嬢達と扱《あつか》いが違うって言ってるんだけど」

「……」

そうなんだろうか？　自分ではよく分からない。

「ま、そのうち分かるんじゃないか？」

難しく考え込むエイデンの肩をライモンドがポンと叩《たた》いた。

今日も裏庭の四阿にいる僕の元にやってきた彼女は、当然のように婚約者による理不尽《りふじん》な仕打ちを盛大に愚痴っては泣きべそをかいている。

「……それで、友人達からはどうして婚約解消しないの？　って言われてしまって」

先程までぷんすか怒《おこ》っていたかと思えば泣きだしたり、シュンと肩を落としてみたりと忙《いそが》しい彼女。

そんな姿を可愛《かわい》いと思う自分に、少し驚いた。

今まで姉様以外に、女性を可愛いだなどと思ったことはなかったのに。

ライモンドはきっと、こういうことを言っていたのだろう。

自分の気持ちを自覚しつつあったエイデンが、彼女を慰《なぐさ》めようと口を開きかけたその瞬間《しゅんかん》――。

「レイラッ！　そいつは誰だっ！」

彼女が散々愚痴を零《こぼ》していた、その本人が登場した。

「え？　何でここに……」

彼女が突如《とつじょ》現れた婚約者の男に、驚いて目を見開いている。

今日は隣に頭がお花畑な令嬢を連れていないんだな、なんて場違《ばちが》いなことを思っていれば、男に睨《にら》み付《つ》けられた。

そんな自分に向けられる男の射殺さんばかりの視線によって、エイデンは気付く。

――ああ、そういうことか。

コイツは他の女性と一緒《いっしょ》にいるところをわざと見せつけて、嫉妬《しっと》する彼女を見て悦《えつ》に浸《ひた》っていたのだ。

彼女の気持ちが自分にあると。まだ愛されていると。

……何だよ、結局は両想《おも》いの二人が拗《こじ》らせてただけとかさ。本当に、迷惑《めいわく》以外の何ものでもないんだけど！

「あ～、アホらしい」

思わず口の中で呟《つぶや》く。

イライラが治まらず、今度はエイデンが鋭《するど》い視線を男に向けた。

「あのさあ、僕に嫉妬の視線を向けるのはお門違《かどちが》いじゃないかなぁ？　君と違って、僕は異性に対して適切な距離を取っている。それに僕は彼女から一方的に君の愚痴を聞かされていただけの、むしろ被害者《ひがいしゃ》だと思うんだけど？　ってことで、自己紹介《しょうかい》はしなくていいよね」

男は悔しそうに顔を歪《ゆが》めるも、実際のところそういうことなので文句も言えずに黙《だま》り込んでいる。

被害者という言い方は彼女に良くないとは思ったが、散々振り回されたのだから、これくらいの嫌味《いやみ》は言ってもいいだろう。

「まあ、片方だけの言い分で何かを言うのはどうかとも思うけどさ、今の君を見ていたら何となく理解出来たよ。君さ、相手に求めるばかりで、自分から与《あた》えることをしていないよね」

図星を指されたせいか、男が羞恥《しゅうち》に朱《あか》くなった顔を逸《そ》らす。

——男がそんな態度を取ったって、気持ち悪いだけだっての。

エイデンはつい舌打ちするも、心を落ち着かせるために大きく息を吐いた。

そしてオロオロと視線をさ迷わせる彼女へと視線を向ける。

「それに君も。素直に自分の気持ちを伝えず後悔《こうかい》ばかり。伝える努力もせずに相手が気付いてくれることを願ったって、そんなの一生伝わらないよ」

痛いところを突かれ、レイラが俯いた。

「全く、これに懲《こ》りたら今後は二人でよく話し合うこと。いいね」

「いや、あの……」

「で、でも……」

まだ何か言おうとする二人に、エイデンが絶対零度《れい》の視線を向けてこれ以上ないほどに声のトーンを下げて告げる。

「……何？　二人とも、懲りずにまだ周りに迷惑掛《か》けようっていうの？」

エイデンの怒《いか》りをひしひしと感じ取った二人は、声も出せずにフルフルと首を横に振り続けることしか出来ない。

「僕からの忠告はこれが最後だからね。……本当に君達は他力本願なところがそっくりで、お似合いだよ」

少しばかり嫌味を込めてそう言うと、エイデンは二人を残して校舎へと足を進めながら、

「ったく、面倒くさい」

と独り言ちた。

「バカだなぁ、黙って奪《うば》ってしまえば良かったのに」

ライモンドの呆《あき》れたような台詞に、エイデンは小さく息を吐いて空を見上げながら答える。

「……まあ、それも一瞬思ったけどさ。でもそうまでして彼女のことを『欲しい』とは思わなかったんだよね。それって、結局そこまでの相手だったってことじゃない？」

「いや、まあ、お前がそう言うんならそうなのかもだけどさ。……お前が『欲しい』と思えるような相手って、一体どんな女性なんだろうな？」

「さあ？　姉様みたいな人はそうそういないだろうし」

「うわ、出たよ。お前、ホント姉さん好きだよな～」

「ふん、姉様大好きの何が悪い？」

「開き直りやがった」

クハハと笑うライモンドにつられてエイデンも笑う。

彼女のことを本気で好きになったわけではなかったが、それなりに気になる相手ではあり、全くのノーダメージというわけにはいかない。

先日届いた兄からの手紙には、長期休暇《きゅうか》中に新婚旅行から戻る途中のリリアーナが本邸に寄ると書いてあった。

「ちょうどいいタイミング……なのかな？　姉様で癒《いや》されよう」

エイデンは小さく息を吐くと、大きく伸《の》びをして再び歩きだしたのだった。

おまけ
〜その後のエイデン〜
やっぱり姉さんが一番!!!

あとがき

こんにちは、翡翠《ひすい》と申します。

このたびは『小動物系令嬢《れいじょう》は氷の王子に溺愛《できあい》される』八巻をお手に取って頂き、ありがとうございます。

翡翠のお気に入りキャラであるケヴィンとモリーがついに……な八巻です。

さて、翡翠の経験を生かした大人の恋《こい》を描《えが》くぞ！　と意気込んではみたものの。

……あれ？　私、大人な恋愛《れんあい》なんて、してなくない？

なんなら、旦那《だんな》様からプロポーズすらされてないよね……（汗《あせ》）。

じゃあ、どうやって結婚《けっこん》に至ったのかといえば。

――あれは、友人の結婚式からの帰りのこと。

テンションの上がっていた翡翠が当時お付き合いしていた旦那様に電話を掛《か》けて、素晴《すば》らしかった友人の披露宴《ひろうえん》の感想を言いまくった後。

「うちら（の結婚式）はいつになるかね〜？」

さりげなく聞いた私に、旦那様が特に何も考えず。

「ん〜、五月（季節的に。決して翌年だとかは言っていない）じゃない？」
「……五月だね？（ニヤリ）」
――そして、翌年の五月に結婚式を挙げました（笑）。
このように、色気とは無縁《むえん》な恋愛経験しかしていない私。
そんな私が大人な恋愛なんて書けるのか？
……担当様のお陰《かげ》で、何とか形にすることが出来ました！
翡翠の周りの皆様《みなさま》のサポートのお陰でもあります。本当にありがとうございました。
そして、いつも素敵《すてき》なイラストを描いてくださる亜尾《あお》あぐ様、ありがとうございます！
最後に、お読み頂きました皆様に感謝を込《こ》めて。
少しでもほっこり楽しんで頂けたなら、幸いです。
それではまたお目にかかれますように……。

翡翠

■ご意見、ご感想をお寄せください。
《ファンレターの宛先》
〒102-8177 東京都千代田区富士見 2-13-3
株式会社KADOKAWA ビーズログ文庫編集部
翡翠 先生・亜尾あぐ 先生

B's-LOG BUNKO
ビーズログ文庫

●お問い合わせ
https://www.kadokawa.co.jp/（「お問い合わせ」へお進みください）
※内容によっては、お答えできない場合があります。
※サポートは日本国内のみとさせていただきます。
※Japanese text only

小動物系令嬢《しょうどうぶつけいれいじょう》は 氷《こおり》の王子《おうじ》に溺愛《できあい》される 8

翡翠《ひすい》

2024年7月15日 初版発行

発行者	山下直久
発行	株式会社 KADOKAWA 〒102-8177 東京都千代田区富士見 2-13-3 （ナビダイヤル）0570-002-301
デザイン	Catany design
印刷所	ＴＯＰＰＡＮクロレ株式会社
製本所	ＴＯＰＰＡＮクロレ株式会社

ISBN978-4-04-738022-6 C0193

定価はカバーに表示してあります。

◇◇◇